玉壺清談

趙啟光　著

目次

玉壺清談

前言
亂雲破曉晚來收

　　人生熙熙天地逆旅，眾人攘攘百代過客。殊不知世有世路，心有心程。中道回首，前不見古人，後不見來者，檢點眼前山河，溫習心中歲月，隱約見得世路與心程輾轉並行。仔細看去，世路似不如心程清晰。所以金玉滿匱，何如殘詩半匣；功成業就，何如日記幾摞。保存回憶要付出巨大代價，此古今中外過來人皆知。保存已難，更何況分享。躊躇再三，本欲藏拙，唯鄉音未改，或有可取。箭在弦上，不得不發，舊雨新知，一笑可也。

　　如今事路已慣，此心到處悠然，披閱舊作，如遇故人又恍如隔世。重錄於此，旨在以三十年悠悠心路與三十年坎坷歷程成相映之趣，與其說是對「事」的追念，不如說是對「時」的感慨。道家講的無為，多就「事」而言，其實「時」之有無，也可深論。譬如當代物理學家朱利安‧巴伯在其著作《時間的終結：物理學的下一場革命》中，提出時間並不存在。依照他的理論，現在與過去應同時發生，只是我們的幻覺為事件列出了順序，就像把舊照片排隊編號。如果他是對的，三十年前某事某感有乎無乎、多乎少乎、水準高乎低乎、深乎淺乎本無所謂，倒是筆者錄之、編輯刊之、讀者讀之十分難得，此三難得的「目前」也是一段緣分，算是古人所謂「一期一會」吧。

　　多數難忘的意象是沒有詩文為證的。若有人請我舉出幾個至今難忘的景色，我可說：1966 年「文化大革命」中獨自登蘇州虎丘，靜觀遠山層疊如夢如幻，想起國家危難自己前途渺茫，心生對命運的憂患；1982 年年初到紐約，俯望飛機下燈火如海，不知自己有何實力

可以在茫茫人海中有一席之地，心生對社會的敬畏；1997 年香港回歸前夜，我正巧從大陸經香港去臺灣訪問，在政權交接的 24 小時內，我同日在深圳、香港、臺北三地，在香港總督府前，我目睹英國國旗落下，心生對歷史的感觸；同年，我連續很多天用肉眼看到幾千年才能來一次的 Hale-Bopp 彗星像冰雕一般清晰地懸在幽靜無際的北美星空，心生對時間與空間的崇敬，個人憂患與自得融化在眼前無限的時間和空間中；1992 年，我因飛機耽擱在咸陽逗留數日，沒想到黃昏時分在郊外看到漢代皇家陵墓靜悄悄陰森森霧列在落日餘暉下的天際，想起李白之句「西風殘照，漢家陵闕」真千古絕句。李白時代距西漢一千年，我們距李白又一千年，所見相同，所距時間相同，所感也大概相通。無怪乎王國維在《人間詞話》裡說「太白純以氣象勝。『西風殘照，漢家陵闕』，寥寥八字，遂關千古登臨之口」。這一「千古」的「千」字，真應了我與古人的千年心靈之約。子曰「人生不滿百，常懷千歲憂」，這裡千歲憂原為貶義，此時此刻倒覺得這千年不衰的感觸使我不到百年的生命延長十倍直到千年。得此奇觀奇思，人生足矣，縱世路坎坷，心程淒迷，又複何憾。

所錄詩文中許多作於外界或內心驚濤駭浪陰霾密佈之時。奇時、奇景、奇思、奇人，挂一漏萬而已。人生謎語，百思不解，登高遠望，只道天涼好個秋。其中一些達觀自喜之語與彼時彼境彼心不盡協調，掩卷沉思，感慨萬千。逆境中慷慨長歌固悲壯也。風浪急處作少不更事語，又一悲壯也。譬如颱風地震，人皆畏之，其時此中不乏自然壯闊之美。再如航船失事滄海漂流，或有雅興指點藍天白雲，縱語不驚人，亦可記也。

投璧于江，豈料複得，拂拭再三，斑駁殘破。大荒山下，一別三十載，馬上少年鬢如霜也。青埂峰旁，別來無恙，一江春水帶去多少漣漪。海客瀛洲，事多成少，異鄉異客，語多謬誤。鵝毛千里盡在冰

心玉壺，往事舊約不過空谷回音。相逢一笑，難得人海遇知音。眼底煙雲，恰似一江春水向東流。

以下所錄作品，為我三十多年來所作部分詩文稿。1982 年夏末我赴美留學，囊中所攜僅美金數十元及日記幾冊。抵美第二日，就乘遊船環遊曼哈頓用去全部美金，日記則隨我飄飄如不系之舟，從中國到美國東部再輾轉到中西部。日記中有「文革」以來零星詩稿，偶爾翻閱之，往事如煙，盡到目前，興致所至難免順手再寫一二。信筆由之終得幾十首，前後跨越三十餘年。附短文若干，多數寫在時過境遷之時，除注釋發揮外，也許稍有獨立價值。

1 「文化大革命」高潮中聞阿波羅登月有感（1969 年）

> 驚聞彼岸登月球
> 陋室閉門且埋頭
> 浩氣蕩蕩曾自許
> 赤膊條條任去留
> 羞逐社子賭梨栗[1]
> 冷觀潮兒弄激流
> 擊節長歌歌何苦
> 坎坷未信此生休

1969 年「文化大革命」高潮中，學校早已關門停課，國門緊閉，資訊閉塞，人人自危，行人道路以目，我國處於歷史上千年不遇的特殊時期。時我為「老三屆」學生，驚聞美國阿波羅飛船登月。我想這些登上月球者使用的語言當是有效和有想像力的吧，於是開始學

1　李白《行路難》：「羞逐長安社中兒，赤雞白狗賭梨栗。」

習英語。不料此舉後來將我引出國門。此詩或為走向世界的「出師表」。

讀國內外「文革」回憶錄，常有人言當時年輕人大都受蒙蔽，我以為未盡然也，有詩為證如上。1966 年 6 至 7 月我頗感茫然，而從 8 月份起，我看到紅衛兵抄家燒書，就將其與秦始皇的焚書坑儒與德國納粹運動聯繫起來，認識到「文化大革命」是錯誤的和暫時的。當時以不自暴自棄不逍遙自勵，一方面考慮對策，一方面思考社會人生，學習文科、理科及英文，靜待形勢變化。那時知識份子斯文掃地，讀書無用論橫行，考試被視為資產階級專政工具，讀書上達似乎一去不復返了。可是，我母親說，「將來大學還要招生，入學還要考試的。」此語至今猶如雷鳴在耳。在當時昏天黑地中，家母能看出此點，猶如伽利略在禁止他宣傳地球環太陽旋轉的法庭上宣言：可是，地球依然在轉動。

早在「文革」前，我家牆上掛一幅帆船在海上乘風破浪的圖畫，我常久久凝視這幅畫。一天，我父親說：「將來你乘船到美國留學去。」當時正是社會主義教育運動或「四清」時期，那時「到美國去」聽起來比「到月亮去」還難。事實上，那時人類真到了月亮，出國留學倒是天方夜譚，父親的話與環境形成極大反差。時過境遷，今日說這話的父母何止百萬，當年關閉的蹊徑，如今已經成為擁擠的通樞。另一方面，現在中國情況亦有天翻地覆的變化，雙向流動正在形成。

獨特的路往往是寂寞的路，不過我的一生由此改變。

在「文化大革命」造反者的「盛大節日」中，如果不弄潮或「賭梨栗」，就會處於孤獨中。老子說，「眾人熙熙，如享太牢，如春登臺。我獨泊兮其未兆，如嬰兒之未孩。累累兮若無所歸」。如是，在「眾人熙熙」中我踏上了若無所歸的征途。2004 年喜聞中國宇航員遨遊太空，翻出此詩，不禁撫今追昔以手加額。

2 三闋浪淘沙題大哥水上公園划船照（1969 年）

1969 年 11 月 25 日「文化大革命」高潮中寄湖北幹校的大哥及參加遼寧大學生軍訓的二哥：

蕩楫秋波重
且共從容
九島楊柳迎東風
遙指手植紫穗槐[2]
今已成叢
濯足清浪中
漣漪晶瑩
幾聲長嘯向蒼穹
漢水黑山三千里
各奔西東
來去何匆匆
此念無窮
今年花比去年紅
敢信明年花更好
當與兄同

那年 12 月 8 日大哥啟正亦多填一闋，以記 10 月水上公園之遊：

雙槳破微浪
風輕水長

---

2 大哥少年時和同學一起參加義務勞動在水上公園所植紫穗槐，今已鬱鬱成叢矣。

岸邊彎柳映夕陽

靜聽千里嬋娟語

忘了飛揚

西湖水蒼茫

橫渡平常

三人一字競健康

聽得行軍遭暴雨

力挽瀾狂[3]

聚散太匆忙

莫憾匆忙

信知明年花更芳

心花當比群花美

似鐵如鋼

　　我之詞偏悲涼，「濯足清浪」仿楚辭，「聚散匆忙」受宋詞影響。家兄之詩明朗樂觀空絕依傍。心花「似鐵如鋼」為時人慣語，在當時困難環境中居然從容道出，可見後來種種良有以也。

3　題年曆六和塔圖（1973 年）

錢塘九轉繞人家

碧水十裡映荷花

日照古塔山疊翠

中流百舸誰先發

3　二哥啟大九月信雲：遇洪水，運糧搶人，奮戰一日。

此詩寫於 1973 年 1 月 25 日，時為工人。「文化大革命」中風景畫絕少，在家中舊年曆中看到六和塔亦把玩再三。此時我正處於思想困惑中，觀圖心中似有一番欣慰。西諺雲：「夜過墳場吹口哨——自己給自己壯膽。」人以詩言志，我以詩壯膽。故樂府有句：「來日大難，口燥脣乾；今日相樂，皆當喜歡。」

4 見霜掛枝頭有感（1973 年）

> 萬樹梨花開
> 卻似春風來
> 風景這邊好
> 勇進莫徘徊

1973 年 2 月 11 日，在這最平常的詩言志中，蘊藏著苦悶與惶惑，此老生常談也許蘊藏著有朝一日有所作為的志向，更多的是在檢驗自己是否在反常的社會與心理環境中還能說出傳統的正常。步入空谷，喊上一聲，得了回音就有意義，喊什麼倒在其次。

不過，幾年工人生活給我留下深刻的鑿痕，以上兩首或有勞動者樂觀向上的蛛絲馬跡。後來我在美國每當臨事而懼，常用幾句天津話解心寬。天津工人既有九河下梢漕運的粗獷，又有對外開埠以來當代產業的豪邁，竟把偉大與高尚深深埋在自嘲謙遜中。天津人每接受任務，問他行嗎，他必答：「幹不好還幹不壞嗎？」於是問者答者各自放心一笑，無字合同算簽了字。請問老兄此話何解，倒是幹得好幹不好呢？誰也不去深究。看來好壞無傷大雅，盡力而為就是，算是為古人雲「畏首畏尾，身其餘幾」作了注解。

5 馳馬（1974 年）

素月朝陽共晶瑩

柳浪晨霧靜聞鶯

一線黃塵馳駿馬[4]

兩點黑眸望蒼穹

路人驚呼胡兒至[5]

騎者猶思駕長風

幾聲長嘯飛春燕

遙見雲濤天際橫

　　終於上了大學。雖則有種種不如意。當時「文革」後期，大學裡
要不斷大批判、下鄉勞動、開會談心，畢業分配又不知到何方，不過
大學總是大學，「老師」、「同學」、「圖書館」、「教室」、「宿舍」這些
又生又熟的名稱久違了。

6 賀母親六十歲生日（1975 年）

（一）

憶當年

駕長風

向帝都

真豪英

問燕北荒村

4　春在津郊趙沽裡勞動，代老鄉遛一巨型種馬，在田野中賓士。

5　路人有稱此人為內蒙古來者。

竟有幾鯉成龍[6]

（二）

八尺講壇談天地[7]

九州桃李映霞紅

夕陽當勝旭日好

大江滔滔總流東

（三）

滄海泱泱處

誰人縱與橫

小留塵世一百年

看兒輩成名

7 市大學生運動會游泳、速度滑冰、短跑均名列前茅有感（1975 年）

海靜常涵天萬象

風起每見亂雲飛

一馬當先長嘯處

聲裡誰知我心悲

---

6 家母生於河北北部農村，後到北京上中學和大學。

7 家母任大學物理教授多年。

8 送人未成（1977 年 1 月，時為國內大學教師）

我欲送君天不許
且憑片箋傳心語
牽衣待話古已有
陽關唱厭別時曲
千鈞諾，又何必
肝膽如冰足照人
萍水霞鴻隨人意
有一言，君記取
無淚未必真豪傑
有翅方能向寰宇

9 荷塘春殘（1977 年）

霧鎖荷塘影淒迷
鶯驚曉夢去何急
孤鴻起處海棠落
故人來時明月低
花開花落似有主
河東河西總無期
雨打殘紅春去也
重山暗柳兩依依

10 紅谷海鷗（1980 年）

月斜歌長少年時
紅谷少年為底遲

學海弄潮誰家客

操與使君海鷗知

1980 年 11 月 1 日，夜飲畢詩賀中國社會科學院研究生院同室同學裴小龍生日。《紅河谷》、《海鷗》為小龍與余在研究生宿舍睡前常唱之歌曲。後至 17 日，裴小龍和曰：

慷慨平生月斜時，

遊子豈為一己遲。

日月浩然信陵客，

明晨翔翔海鷗知。

11 1982 年在美首次過聖誕有感

獻老師：

開門迎遠山

異國雪盈天

一聲何滿子

雙淚落君前

贈同學：

聖誕無聲雪滿天

停杯萬里望鄉關

花開花落朝隨夕

河東河西月複年

驅策筆下車萬乘

檢點山頭柏十千

最念古調裂金石

願隨春風寄燕然

12 戲作「留學四步舞曲」（1983—1987 年）

第一年得意洋洋

第二年恓恓惶惶

第三年夢斷黃粱

第四年來日方長

13 對聯：觀父母照有感（1983 年）

不妨事事認真

切莫樣樣求全

橫批：養身先養心

14 登泰山（1985 年 4 月 22 日）

岱宗岧嶢界齊魯

深壑萬階聖跡處

舉步攀至中天門

承纜飛渡蒼茫谷

玉皇夜聞松風聲

嶽頂晨起盼日出

胸懷激蕩回程中

俯覽眾山小若無

15 博士論文答辯通過（1987 年）

馬上少年今健否

百萬軍中取鼇頭

曲到終時應奏雅

刀筆吏前將軍愁

　　作此詩時開始在美國大學任教。移民局要將學生簽證改辦成工作簽證，手續不勝其煩，辦成與否更難預料。「刀筆吏」見《史記‧李廣傳》。

16 駕車橫越美國（1992 年）

（一）

山莊倒影還在淺浪中

來去何必如此匆匆

明晨無盡的大道竟向何方

耳邊尚且回蕩著「自然橋」下的寒風

但願黑堡天際的孤雁

代我傾聽心濤起伏的回聲

（二）

昨夜小樓又孤燈

雙眸炯炯月明中

山莊鴨湖人行早

一聲珍重潮已平

　　1992 年 1 月，我與美國各大學探討辦留華學生組織，途中經維吉尼亞州而作。自然橋為維吉尼亞州名勝。兩懸崖間有一自然形成石橋相連，據稱世界第一，我 1992 年遊之亦歎為觀止，以為天下絕景在此。然 1994 年我在張家界見類似景稱「天下第一橋」，其橋更高更險。陸放翁曰：「山重水複疑無路，柳暗花明又一村。」真傷心人別有懷抱。黑堡為維吉尼亞城市名，維吉尼亞理工學院所在地。山莊、鴨湖皆維吉尼亞理工學院內地名。

17 耶誕節獲終身教授有感兼贈愛妻（1993 年）

　　　　星河十載映帆痕
　　　　好風伴我上青雲
　　　　蹈海本非英雄志
　　　　移山方稱壯士心
　　　　一生有願驚天地
　　　　兩心相通泣鬼神
　　　　昨夜小樓月如水
　　　　羌管悠悠雪似銀

18 家信報得終身教授（1993 年）

　　　　得意長安一日花
　　　　浪跡泰西十年家
　　　　馬上少年今健否
　　　　書劍萬里走天涯

19 春節寄家（1996 年）

詩書禹門三汲浪
冠纓平地一聲雷
對人待己皆寬厚[8]
瑤池早晚帶春歸

　　家父趙景員教授給我筆記本上的題字：「告啟光：寬以待人，寬以待己。過去我爭取寬以待人，嚴以律己。曾曰：我寬以待人，但嚴以律己不夠。今已將八十矣，人生觀可變否？──1995 年 9 月 12 日，中秋（9 月 9 日）後三天，父字。」

　　家父重病住院迄今兩個半月。毛澤東問：「人有病，天知否？」孔子曰：「仁者壽。」人若寬仁如此，天當佑之。

2002 年 2 月 28 日晨 4 時補記於曠怡齋

20 情人節有感（1996 年）

臺山明月

椰島飛雲

北地冰川

南國瑤琴

我有我愛

常在我心

天籟俱寂

渺渺仙音

8　父親告我「寬以待人，寬以待己」。

但為君故

沉吟至今

　　臺山，五臺山也。1995 年與妻共游之。椰島，夏威夷也。1995 年
冬共遊之。北地，阿拉斯加也，1996 年共遊之。南國，佛羅里達也，
1994 年冬共遊之。

21　游柏林（1996 年）

莽莽天地一沙鷗

壯游歐陸未許愁

何當共剪西窗燭

有淚不向異鄉流

22　求缺勝求全（1996 年）

天下最苦是決策

縱有天助徒奈何

兩全自古無齊美

求缺人生最難得

　　人皆「求全」，塵世煩惱，多源於此。所以曾國藩有齋名「求
缺」。「人無百年壽，常懷千歲憂」，「人道誰無煩惱，風來浪也白
頭」，皆「十全十美」一詞之病也。苟將求全改為「求缺」，凡事何必
猶豫再三，人生道路可左右逢源也。

23 駁《河殤》（1996 年）

國新未必除古風
人深還當念舊情
獨笑書生爭底事
輕舟已過山萬重

　　1989 年我看《河殤》後寫文章駁斥之。後見國內開始批判，即未投寄此文。1996 年披閱舊作，百感交集，遂成一詩。

24 祝賀父母結婚六十周年（1997 年）

坐看雲起六十年
誰家又奏凱歌還
遙望霞端比翼鳥
恰似雙星掛九天

25 賀父八十大壽（1997 年 5 月 16 日）

八十人生剛過半
子曰仁壽可雙全
朝朝暮暮聞笑語
日日天天凱歌還

　　家父趙景員先生生性樂觀，無論當教授、教務長及總經理都日日談笑風生，回家談及班上趣事，均如得勝將軍凱旋。

　　此詩附在我 1997 年 5 月 16 日致父母信中：「『文化大革命』始於

今日。回憶三十一年前『5‧16 通知』，恍如隔世。人世紛紛，來往爭鬥，唯長壽者勝。白髮漁樵，江渚唱晚，當年風流人物，正不知存者還有幾人。再過三十一年，又不知存者複有幾人。」

　　同年，我 4 月 27 日所寫家信：「我妻今年不能回家，新上任又是商戰塵網中人，不好請假，只好有待來年。不似我優遊文字山水之中。我小時爸爸說最好的職業是教授，聽此一語，我得浮生半世之閑。然爸爸自己反而辦起大學企業，此達人隱於市。範蠡由政而隱，由隱而商皆相宜也。」

26 書生有志（1997 年）

　　　寄父：
　　　帷幄運籌駕長風
　　　舟頭破浪晚潮生
　　　八十寶刀猶未老
　　　為君一戰取龍城

　　　寄同仁：
　　　諸公寶劍鳴匣中
　　　豪傑一諾死生同
　　　書生敢問人間事
　　　脫穎方見天下雄

27 游明尼蘇達坎農河有感（1998 年）

　　　九月九日天氣新
　　　坎農河邊畫中人

妙得德馨父母教
何必莊生一片雲

坎農河為明尼蘇達我家附近的河名。「妙得」、「德馨」為父母為我家中書房命名。我原命名我家書房為「一片雲」。父母改為「妙得書屋」或「德馨書房」。

28 觀美國納斯達克潮升潮落有感（1999 年）

浪急濯足又何妨
曲誤周郎楚山蒼
會挽雕弓如滿月
且看書生射天狼

29 返母校（2000 年）

無言獨上小南樓
五年往事上心頭
往來人面全不識
多情只有湖上秋
知我者謂我心憂
不知我者謂我何求
一千八百二十五次晨水向東流
一千八百二十五次晚風撫窗頭
一千八百二十五次日出復日落
一千八百二十五次欲說又還休

2000 年秋回母校美國麻塞諸塞大學，一別十三年，獨步校園，悄悄走進我曾在其中學習過五年的南樓，然後在日落時分獨坐在校園中心湖邊，只見建築樹木如舊，來往學生老師全不認識，五年間一千八百二十五天的往事又一一湧上心頭。

30 遊斯里蘭卡佛寺（2000 年 12 月）

嫋嫋長階繞古城

悠悠大樹伴苔青

應知長老采蕉去

葉上猶留半刻經

31 春節有感（2001 年）

磐石蒲草皆壓艙

玉露金風渡未央

洞簫三弄穿幽谷

遊人有根始望鄉

32 偶然（2001 年 6 月 27 日）

其一：

偶然是什麼？

偶然是上帝。

你威武的身影，

覆蓋著大地。

偶然是什麼？

偶然是命運。

你狂勁的風暴，

把我的船帆吹向未知領域。

讓無為的旗幟迎風飄揚，

讓宇宙響徹無不為的樂章。

人把宇宙的必然看成偶然，

宇宙又把人心中的偶然還原成必然。

在人生多變的神殿裡，

必然是多麼蒼白。

在宇宙規則的節奏中，

必然又是多麼莊嚴。

誰在敲響我的大門？

是偶然。

誰把悲歡離合的琴弦彈響？

是偶然。

聽，聽，

偶然的腳步，

聽，聽，

偶然的雷鳴。

有福了，

聽見你的人。

有福了，

懂得你的人。

其二：
最愛夜闌看群星
銀河燦爛北斗橫
欲把偶然還宇宙
心事一一付晚風

　　友人請余背誦徐志摩《偶然》。答曰背則不能，戲作新詩或一比
高低可乎，乃口占同名新詩一首。後筆錄之如上，友人曰，還不如剛
才口頭的好，眾大笑而已。徐志摩偶然遊溫柔迤邐之鄉，在下偶然訪
空幻朦朧之界，各不相擾可也。話雖然這樣說，仍然意猶未盡，正
是：眼前有景道不得，志摩有詩在上頭。乃補古詩一首如上，吾豈愛
古乎，吾不得已也。

　　附徐志摩原詩《偶然》：

我是天空裡的一片雲，
偶爾投影在你的波心——
你不必訝異，
更無須歡喜——
在轉瞬間消失了蹤影。
你我相逢在黑夜的海上，
你有你的，我有我的，方向；
你記得也好，
最好你忘掉，
在這交會時互放的光亮。

33 題《浮生六記》（2002 年 2 月）

> 書城冬日泥爐暖
> 殘葉烘乾寫浮生
> 是非正誤皆流水
> 世路悠悠照心程

34 紅土落日（2003 年 7 月）

> 海遠天長地顛倒，
> 山色三變驚飛鳥。
> 藍天紅土知我心，
> 留得夕陽無限好。

澳洲旅遊業者非常重視日落景觀。一次在卡卡杜國家公園，導遊（兼司機）登到山頂時錯過落日，嘴裡不停地小聲叨念：錯過落日了。遺憾自責之情溢於言表。澳洲導遊有如此敬業精神和美學修養，頗值得我國旅遊業者深思。這裡我們遇到的每個導遊總是千方百計在傍晚引導大家登山，在山上擺出自己扛上山的香檳、乳酪、果汁、水果，大家邊吃邊觀賞澳洲特有的廣袤的紅土藍天在落日下的顏色變幻，大地由紅色而橘黃再變成灰色，此時飛鳥蝙蝠亂飛不止，恐怕也被這變化無常的顏色嚇壞了吧。荒涼廣闊無邊的紅色大地，交織著生疏與親切兩種相反的意境。此情此景正是唐朝邊塞詩人的境界，可惜西方人明知景色壯美，心中或許也有感慨，但沒有讀過唐詩，只能端著香檳酒杯目送落日。所以我口占一絕，雖無驚人之語，也強似面對絕色天香而三緘其口。

壯遊天涯

萬草川谷之冬

　　我家屋後是一條溪谷。百草叢生的峽谷綿延數裡，在晶瑩剔透的小溪兩側緩緩升起。我稱其為「萬草川谷」，名字取自南宋詩人楊萬里詠月詩作《好事近》，「月未到誠齋，先到萬花川谷。不是誠齋無月，隔一林修竹。如今才是十三夜，月色已如玉。未是秋光奇絕，看十五十六。」這峽谷本無名字，因為此地既非名勝，又無道路，除我之外，又幾乎沒有行人。美國明尼蘇達州素稱萬湖之州，無名湖泊尚且不少，誰有閒空與溪谷饒舌，費力給它命名？更何況，現在是隆冬，世界冰窟之一的美國明州的隆冬，氣溫常常低於零下二三十攝氏度，所以唯有我踏雪漫遊，成為這萬草川谷之冬的主人。宋詞裡的萬花川谷想必是萬紫千紅總是春，我的萬草川谷冬天基調只是黃白兩色。谷裡去年留下的枯草，在白雪下露出幾尺，密密麻麻連成一片，佈滿冰凍的小溪兩岸。本來雪在高高的草下，是看不清楚的，所以冬季的草原是黃色的。我每日在溪邊往返一趟，在黃色的枯草上踩出了一條白色的冰雪小徑。小徑上積了新雪，成為白色。白路輾轉穿過黃草，黃白相應，呈現一片美國中西部大草原的壯觀。在路上走，看得兩側一片好荒原，見得頭上一頂好藍天，聽得腳下一陣好雪聲，覺得胸中一腔好澄澈。真是肝膽如冰雪，表裡澄澈，妙處難與君說。這裡，在嚴酷的自然檢驗下，許多多年想不清的問題居然有了答案，許多忘卻的回憶浮現出來，在蕭穆的自然面前不由得原諒了別人也原諒了自己，因為寒冷揭示了人生的悲壯、優美與幽默。

　　中國遠古傳說有玉女投壺，說玉女和東王公在高天原投壺，每次

投中，「天為之笑」。投壺本是古代遊戲，把箭投到遠處的壺裡，蒼天看見人有所中，居然笑出聲來，天笑想是聲如滾滾的驚雷吧。中國的天想來有希臘眾神的嬉戲活潑，沒有希伯來上帝的嚴肅古板。所以飛揚如仙的李白喜歡這個故事，發誓語不驚人死不休，詩成每每博得蒼天一笑。我在萬草川谷百種情思，千條主意，萬般感慨，縱然不著邊際，若有一二說中想對的地方，也如玉女投壺，直貫蒼天，若博得蒼天一笑，何忍私存不告世人。美國阿波羅登月宇航員到達月球後說：「我們代表人類到此。」萬草川谷非名山大川，沒有中國人來過，我拖李白輩到此一遊，若是挂一漏萬，僥倖想到一兩條別人沒想過的感慨，縱然膚淺，也算遊了前無古人之境吧。

　　然而古人豈肯讓我獨享此境，遂不時結隊來游萬草川谷。每逢雪白心靜，幾十年所讀古今中外之書奔來眼底，歷史人物、思想巨人在我面前一一走過，天冷腸熱，幾十年異鄉故土所經歷蒼涼感慨、真人真事湧上心頭。原來冰天雪地可以濾清人生糟粕，顯現世界的精華。所以王維的輞川、寒山的寒山、索羅的瓦爾登湖、毛澤東的黃土高原都是冬天最美。冰雪美則美矣，見仁見智還要因人而異。《水滸》中林沖雪夜上梁山，踏著碎瓊亂玉走向強盜世界，對冰雪是個「惜」字。八十萬禁軍教頭，白雪似的名聲，如今玷污了，如何不惜。《老殘遊記》中黃河封凍，攔住去路，對冰雪是個「歎」字。生逢亂世，虎狼當道，有渡無船，望河興歎而已。《紅樓夢》寶玉走失後，賈政雪夜返鄉，抬頭忽見船頭微微雪影裡有一個像寶玉的人向他下拜，此人光著頭，赤著腳，身上披著大紅猩猩氈的斗篷，不及開言就被一僧一道挾持而去，消失在冰雪中。所以《紅樓夢》的冰雪是個「淨」字。「食盡鳥投林，留下白茫茫大地真乾淨」豈不乾淨。俄國沙皇尼古拉一世說：「俄國有兩個可以信任的將軍：一月將軍和二月將軍。」意為俄國的嚴寒可以打敗入侵者。果然，仰仗「一月將軍」和

「二月將軍」之威，在俄國冬季作戰的拿破崙和後來的希特勒的大軍都一敗塗地。這裡的冰雪何嘗不是「威」字。

明尼蘇達州很多人是北歐人後裔，對寒冷認識最深，隨之也有人們對知之最深事物必有的愛恨交集。明州人每見外州人總愛自己誇張明州氣候之寒冷。當代明州作家兼說唱藝術家加里森・基勒每週在全國公共電臺自編自講自唱明尼蘇達湖畔小城的故事，全美國聽眾如醉如癡。他每講必拿明州之冷開心，明州聽眾也跟著笑，這笑聲在我聽來頗淒涼悲壯。因為懂得，所以悲壯。如有不信，有真事為證：

明州人愛湖，嚴冬不輟，在湖上釣魚、滑冰、滑雪、駕雪橇，乃至開汽車上冰湖。2003 年冬天，明州有些湖泊在零下幾十度時，居然湖心有些地方不結冰，成為世界異聞，我在中國小報上都看到了。2003 年 2 月，一對明州高中男女學生居然半夜駕車上冰，開到冰窟窿裡，雙雙淹死，其中的女學生，掙扎出冰洞，在冰上爬了幾百米才凍死。我在本地報紙看到訃告上的照片，端的一對眉清目秀好青年。兩人為何半夜開車上冰湖，沒有人講，只是說此女學生生前極富冒險精神，似乎為女學生拖男學生半夜冒險。死後男家沒有埋怨之意，兩家仿羅密歐與茱麗葉的故事將二人合葬。中國人可能有人會說這是「玩命」或「找死」，含蓄拘謹的明州人不會公開這樣說，但難免這樣想。不過依我看，二人與其說是追求冒險，不如說是尋求美。湖心月色，上下天光，孤車雙影，飄然而去。此蘇東坡赤壁蕩舟境界乎？此莎士比亞的「愛的徒勞」中優美的「冬之歌」乎？這兩個人雖未必知道這些典故，但愛美之心，古今中外共之。「明月照積雪」乃我國千古絕句，「明月冰湖行」也算千古奇行吧。《聖經》有耶穌基督在水上行走，二人的車在無邊冰湖上緩緩行駛，天真愚蠢但自然悲壯如神，天也應該為之笑。他們與其是對神奇的追求不如說是對美的嚮往。愛美以身殉，兩人算是為美而死吧。所以在這裡，冰雪占了美字。美國

詩人艾米麗・狄更生的《我為美而死》正好是他們的墓誌銘：

我為美而死，
不過剛剛
安放在墳墓，
便有一個為真理而死的人
被停放在隔壁房子中。

他輕輕問我為何而死？
「為了美。」我回答。
「而我為真理——我們倆一樣，
有如兄弟。」他說。
於是好像親人在夜裡相逢，
我們隔牆談話，
直到青苔覆蓋了我們的嘴唇，
淹沒了我們的姓名。

看來，這兩個學生是為美而死。但他們的行為終究是不理智的，探索生命的秘密不一定以生命為代價。所以我沒有冬夜駕車上冰湖，代之以冬日獨行萬草川谷，從生命邊緣窺見生命之謎。不過類似的事情我也經歷過，真真從生命邊緣窺見了生命之謎。1991 年冬天我因事駕車橫跨美國，在經 35 號洲際公路返回明州途中，從愛荷華州駛近明州時恰逢大雪之夜，我只覺得景色極美車又少，想起「明月照積雪」真千古佳句，所以得意快開，汽車突然失去控制，在高速公路上旋轉起來，一時我腦子一片空白，待清醒過來發現車子轉了 180 度（也可能是 360 度後加 180 度），端端正正面向相反方向，沒掉到路邊溝

裡，也沒撞上對面來車。只見路上明月下積雪上百里無車，才意識到
此種雪夜美則美矣，卻是不宜出行的，此次萬幸似有神助。後來回
憶，覺得也許實際上，我當時掉在溝中或撞上對面來車，已經在冰雪
中躍入另一世界了。以後一切至今都是生命之後的境界，只是自己渾
然不覺而已。讀到此處的讀者諸君也是與我相會於生命之外吧。不知
閣下是為美而死還是為真理而死？依艾米麗・狄更生的說法，兩者是
一樣的，「我們倆一樣，有如兄弟。於是好像親人在夜裡相逢」。不過
我們不必毛骨悚然，原來美與死就是並行的，所以古人有欲仙欲死的
說法，在生命的大飛揚後我們還是如仙人般飄飄然為好。還是讓我們
「隔牆談話，直到青苔覆蓋了我們的嘴唇，淹沒了我們的姓名」。

　　一千多年以前，中國唐朝詩僧本寂在寒冰裡發現了熱之美：

　　焰裡寒冰結，
　　楊花九月飛。
　　泥牛吼水面，
　　木馬逐風嘶。

　　這裡冰雪是個熱字。此詩在不可能中發現了生命的大飛揚，發現
了對立之美。火焰裡不可能有寒冰，楊花不可能秋季飛，泥牛遇水就
融化，木馬豈能追風而嘶。這是生命在寒冷中的大昇華，智慧在冰雪
裡的大燃燒。這兩位明州的學生為美而死，這極端不理智的行為是對
極端的探索，他們在燃燒的冰雪裡迎來了燦爛的彼岸。萬草川谷之冬
使我想到，冷和熱是兩個極端，宇宙間溫度從絕對零度到幾千萬度都
有，其間適合人類生存的只有中間的幾十度而已。地球恰恰具備這種
條件實在難得，具備同樣適合人類生存條件的外星至今沒有找到是不
足為奇的。人類優遊地球，或愛或樂或悔或恨或怨，自以為本該如

此，似乎朝朝暮暮無窮無盡，其實生命的偶然性趨近無窮小，是特
例；無生命的必然性趨近無窮大，是正常。冰雪使我們有機會從偶然
的特例中窺見必然的正常，所以是生命的領域的擴張。

　　但冰雪並不是永遠如此沉重，有時又頗幽默。《西遊記》中，唐
僧掉到通天河的冰洞中，八戒對孫悟空說咱師傅姓陳名到底了，這裡
八戒對冰雪是個嘲字。唐僧的確姓陳，十世單傳的冰潔貴體，如今沉
到了冰河之底，對世界級黑色幽默大師豬八戒來說，豈不可嘲可笑。
如果說豬僧八戒是借冰笑人，元代詩僧惟則就是借雪自嘲了。和尚惟
則一次在杭州過蘇堤，風將僧帽吹掉，露出光頭，於是口占一絕：

　　　憶在蘇堤過六橋，
　　　小番羅帽被風飄，
　　　滿頭戴得湖山雪，
　　　幾度驕陽曬不消。

　　本來可笑之事，詩人先自嘲兩句，後兩句就反守為攻，以清光白
頭喻湖山之雪，頗有些自許了。近年來我自己也剃了光頭，朋友見面
常常一笑，問我為什麼，我的回答雖無惟則的詩那樣雅致，也倒與寒
冬有關：話說原始人本來是滿身長毛的，目的是抵禦嚴寒。隨著進
化，人們穿皮毛披葛麻禦寒，遍體長毛漸漸無用，也就漸漸退化了，
最後剩下頭髮還留著。脫去毛髮也是人類高過其他動物之處。獅子老
虎乃至猿猴因為長毛遍體所以散熱不好，夏季只好白天睡覺、夜間捕
食，只有原始人失去體毛，烈日下奔跑行動也不過熱。夜間及冷時自
可穿皮毛披葛麻，無異身上裝了空調機。只是頭髮為了防曬等原因還
暫時保留，相信幾百萬年之後人類的頭髮也要失去。我剃光頭髮只是
提前進化一百萬年而已。想來原始人身上長毛落去也有先有後，毛未

落者一定嘲笑身上掉毛者，正如如今滿頭秀髮者笑禿頭人。如今新潮派趕時髦不過幾年，在下這裡一爭就是百萬年。頭頂無頭髮更貼近自然，了無掛礙，脫帽可迎春風夏日秋月，戴帽能會寒冬冰雪，猶如身上安裝了空調機，可以隨時調節體內熱量。此萬草川谷之冬的又一啟示也。英國《經濟學人》雜誌曾載文分析人為什麼在進化中逐漸失去毛髮，列舉多種原因。說是主要是為了防長蝨子。我看未免過於鄭重其事，不如我的貼近自然說法可笑故而可信。

萬草川谷的冰雪威嚴、潔淨、壯美。我家房在谷邊山坡上，站在窗前，可以俯視山谷。冬季，窗外皚皚的白雪一直延續到地平線。我喜歡站在窗前久久凝視天邊，想在天與地之間看出點什麼。

冬天每日進入萬草川谷，我總是帶著兩條愛犬歡歡和樂樂。夏天則不能帶它們，因為夏天草中的小蟲子 wood tick（美國森林蜱）會叮在狗身上。歡歡是一隻金黃色中型狗，忠實中帶點尊嚴，跟人保持著西人所謂「尊敬的距離」，但一旦有危險，可以指望歡歡挺身而出。樂樂是一隻黑色雜有黃毛的袖珍狗，從頭到腳只比手掌略大，跟人特別親近，對我幾乎寸步不離，常常目不轉睛地仰頭看我，仿佛我是一幅倫勃朗的名畫。每到出遊萬草川谷之前，歡歡、樂樂就名副其實地歡歡樂樂起來，興奮得在房間旋轉奔跑。我關電腦、穿衣戴帽、用中文說遛遛或英文說 walk 都是這莊嚴時刻的信號，兩隻狗就跳起準備出發。

狗是人類最好的朋友，是西方老生常談。中國民間也有狗是忠臣的說法。所謂聲色犬馬，似乎養狗是一大享受。秦朝李斯受趙高陷害，父子相對受刑。李斯臨終的感慨是，想和兒子駕獵鷹驅獵犬「出上蔡東門逐狡兔，豈可得乎？」英國貴族獵狐，必驅成群獵犬，騎馬吹號，想來這些英國人和李斯時代同俗，將帶狗打獵看作人生難得之樂事。我國農耕經濟歷時太久，近百年來又多逢戰亂饑饉，似乎薄待

了狗這漁獵經濟時就陪伴人類的幾十萬年的老朋友。我想隨著生活水準的提高，我們會記起老朋友的。狗和人的友誼應推得很遠，直至原始社會，從人把狼收養開始。人有語言文字傳播傳統，狗靠遺傳傳遞習慣，所以在狗身上，我常常看到現代人已遺忘的原始人和狗一起與自然奮鬥的影子。在安全方便的城市裡，狗依附於人，在危險的曠野中，狗就充分表現狩獵時代遺留下的主動性。只見樂樂在萬草川谷小徑上「一狗當先」，先奔出幾百米，發現前方既無麋鹿又無劍齒虎，立即奔回我腳下，仰頭和我交換目光，又翻身向前奔去，如此反復不已，我和歡歡行百米，樂樂至少跑千米，難為它小絨球一般草上飛，在白色雪路上、黃色草叢中忽隱忽現。而歡歡則認真地殿后，防備有豺群野豬之類尾隨。有時谷中小路分叉成兩條平行路，歡歡就跑到另一條路和我並行，大約是保護側翼。於是，我們也有了一月將軍和二月將軍的威風，不禁要在萬草川谷中醉和金甲舞，擂鼓動山川。

　　我在萬草川谷的另一個朋友是 NPR（美國國家公共電臺）的無線電廣播。節目內容涉及新聞、文化、生活、健康、社會、科學、文學等等。與美國電視臺 CNN（美國有線電視網）、FOX（福克斯電視臺）、NBC（美國全國廣播公司）、CBS（哥倫比亞廣播公司）、ABC（美國廣播公司）等相比，NPR 電臺有一種深沉與謙虛的從容，有聲無像的英語和溪谷一起連綿婉轉，伴我漫遊在北美洲的冰天雪地。我在中國產的防寒服口袋裡裝上中國造的隨身聽，天下大事一一透過漫天冰雪來到耳際。偶爾氣溫太低，半導體都停止工作，還要摘下手套伸手到口袋裡捂一捂，聲波才又恢復正常。在冰天雪地中，平時耿耿於懷的繁雜的政治經濟問題倒理出一番頭緒，自己工作生活的大小事情也想清楚不少。難怪古希臘政治家決策前要洗一個冷水澡，中國人也對「冰雪聰明」心儀久矣。原來嚴寒使人認識自己在世界上的位置，也清晰揭示事物自身的廣闊與局限。

　　人生熙熙，眾生攘攘，動物在冰雪中的從容可給利祿中人些許啟示，嚴寒的大自然從浮花浪蕊中過濾出人生無限道理。上有藍天如洗，下有白雪如銀，前有樂樂開路，後有歡歡殿后，我在萬草川谷雪路獨行，縱然不能上馬擊狂胡、下馬草軍書，也可以檢點蒿草十萬，了卻心中多少是非功過。縱然不能截虎平川、雪壓青氈，也可以和洪荒時代的古人一起享受嚴冬的壯麗。正是：

　　寒未臨天下，
　　先到萬草川谷。
　　不是天下無寒，
　　隔十裡雪路。

　　於是，嚴寒讓我體驗了天地間的悲壯、優美與幽默。人生至此，更複何求。

客舟舊遊

美國新英格蘭紅葉，1982年年初到美國

時間你停一停，這是我嗎？這是經歷過「文化大革命」，在中國當過工人的我嗎？這背後的田園風光與我何干？新英格蘭的紅葉如此這般層層疊疊、縹縹緲緲也有千百年了，右側的小溪似乎也有遠在天際的源頭，田間的奶牛也像北美大草原的野牛一樣，有一種與時間同在的永恆。這裡處處講的是史前的故事，不過，此處山川靜好，明明白白，仿佛到處都是晶瑩剔透的現在，可惜能欣賞此景的王維、陶潛、華茲華斯未能來此一遊，倒是新英格蘭作家契弗筆下的芸芸眾生在此出出入入。不過這些漠視自然的偉大，只知道生活的得失的人物或許更是這景色的一部分。

然而，現在畢竟是秋季，從北方加拿大透過來的一絲涼風提醒異鄉的孤寂。北美的秋季來得真早，北京香山的紅葉還要一個月才紅。想想燕山山脈和這裡隔著一個太平洋。正是「月未到誠齋，先到萬花川谷，不是誠齋無月，隔一林修竹」。

華盛頓雕塑園，1983年

漫步華盛頓中心廣場，一頭撞見研究多年的康拉德，當然不是本人，只是雕像。我在國內研讀此人多年，深深喜愛這位神遊異鄉，在颶風滄海森林莽原中別營夢幻境界的海員藝術家。出國一年無暇顧及

此人，不意在美國政治中心的喧囂中遇上故人。《容齋四筆・得意失意詩》中人生四喜「久旱逢甘雨，他鄉遇故知，洞房花燭夜，金榜題名時，」此行得其一矣。青埂峰下大荒山旁，一別數載，我兄無恙乎？足下不在南亞熱帶雨林遊逛，不在剛果河上蕩舟，不在南美挖金礦，卻坐在白宮與議會之間聽政客饒舌，不如與在下立談片刻，或可得浮生半日閑。

夏威夷，1996年

夏威夷與阿拉斯加正成對照，套蘇東坡玉堂幕士語，夏威夷只好十八九女孩兒，執紅牙拍板，唱楊柳岸曉風殘月；阿拉斯加則須關西大漢，執鐵板唱大江東去。夏威夷四季如春，微風淺浪，登島之初，人飄飄欲仙，金粉金沙中到處都是今天。阿拉斯加雪山冰川，顯示著史前或人類出現前的肅穆，人在自然前縮小，銀粉銀沙中，處處是昨天。夏威夷是今天，讓人入世；阿拉斯加是昨天，讓人出世。不過兩地的共同點都是一個「靜」字。古人說人在畫中，畫的本質就是靜。靜一直壓到天際，只留下無限的視覺美。夏威夷像英國詩人賴特筆下的女神。因為這位詩人是聾子，所以女神來得靜靜悄悄：

　　啊，風流的維納斯
　　我見到你升起
　　魚一般閃亮
　　足踏貝殼
　　從鹽池鹹海中現身

阿拉斯加的靜則是陶淵明筆下的：

> 淒淒歲暮風，
> 翳翳經日雪。
> 傾耳無希聲，
> 在目皓已潔。

阿拉斯加，1996年

夏威夷天下秀，阿拉斯加天下壯。兩地相距萬里，皆在美國，天不棄商，何厚此邦。不過，阿拉斯加屬於美國，更屬於地球和人類。如有不信，有文為證：阿拉斯加六月的午夜，太陽不落山，形成北極圈內的白晝。這裡自然之偉大，使得一切不可能都成為可能。不知這是某個外星球的景觀，還是人間魔幻造物。分明是半夜，天卻如白晝，分明是從山上瀉下的奔流，卻突然靜止凝固成了冰川。雪山下湖水清澈見底，倒映出一塵不染的藍天、雪山、白雲。我平生喜愛游泳，年輕時曾發願橫渡世界全部大河巨川。此刻難免脫衣入水，奇怪的是人在水中，水波不興，居然頭上有雪山，身邊有雪山倒影，兩者紋絲不亂，像兩幅反向懸掛的油畫。我徜徉其間，如飛天上，滑翔在萬籟俱寂的仙境。然而，這裡空間和時間的美發揮到了極致。我的父親、母親、兩個哥哥都是物理學家，他們到此不知應發何感慨。這是詩人畫家的世界，更是物理學家的世界，一切凡俗人間瑣碎的道理必然全是錯的，老莊、李白、愛因斯坦或可接近這裡的邏輯。到此應信宇宙一定源於大爆炸，地球一定曾是恐龍的世界，空間可以轉化為時間，時間或許不存在；過去、現在、未來可以顛倒，可以濃縮，可以化為零。想到這裡心中又滿滿又空蕩蕩，分明記起李叔同臨終四字：悲欣交集。悲的是痛感人生有限，喜的是發現宇宙無窮。真正的美是詩情畫意的悲壯，因為接近了人生的極致，必有萬千感慨既無聽眾又

難表達。唐詩宋詞都是想說這句話，康拉德、海明威在描寫大海莽原時的悲涼筆觸也是想表達這點。面對此情此景，我只有一聲長嘯向又藍又亮的「夜空」。喊聲撞向懸崖上的冰川，幾百尺的懸冰轟然倒入下麵的水中，其聲悲厲蒼涼，如萬馬奔騰，如錢塘潮湧，更確切地說，這聲音更像人類沒有聽過的造山運動的轟鳴，恐龍滅絕前的哀鳴。冰雪懸在空中在無聲無息中形成千百萬年的平衡，我的呼喊打破了這種平衡。這轟然倒下的冰川就是自然對人的警告吧。

莎士比亞故居，1996年

雖然莎士比亞故鄉已成為英格蘭旅遊勝地，但步入莎翁故居，對於專攻過英美文學的我，也還有朝聖的感覺。古今中外稱讚此公的溢美之詞可謂多矣，毋庸我贅述。只是身臨其境，望著此人平凡的住房，想起他超凡入聖的詞句，覺得不知他的靈感究竟來自何方。站在這兒，想起歌德對莎氏的誇讚：「我讀到他的第一頁，就使我這一生都屬於了他；當我首次讀完他的一部作品時，我覺得自己好像原來是一個先天的文盲，這時的一瞬間有一隻神奇的手賦予我雙目的視力⋯⋯」

這種德國式的極端，很難與這座殷實的英國鄉紳舊居聯繫起來。尼采對音樂家瓦格納、恩格斯對馬克思都發表過類似的激賞之詞。而我站在這裡並沒有對原來就敬服的莎翁更敬服，只是覺得我們之間的距離縮短了。原來偉大是孕育在樸實之中，老莎翁也是從羊皮口袋裡倒出了一杯啤酒後才與王子公主周旋饒舌的。

離開莎氏故居，到艾文河邊小坐，想想作為劇作家的莎士比亞寫人真是入木三分，但作為詩人的他對自然的美和從中激起的對人生的思考，似不如中國唐宋名家，更不如老莊、屈原。但這要求也太高了，這似乎是讓李白兼為關漢卿，蘇軾兼為湯顯祖。

卡爾‧馬克思墓，1996年

　　這裡就是馬克思墓，墓碑下埋葬著給現代歷史最大改變的哲人。這裡就是他的朋友恩格斯發表馬克思墓前演說的地方。他的墓上端刻著「全世界無產者聯合起來」。《西遊記》中孫悟空曾說過：「我一生只拜三人，西天拜佛祖，南海拜觀音，兩界山師傅救了我，也拜他一拜。」想想我這一生當拜何人？父母養育教導之恩當受我一拜；曲阜孔子墓前，我也率領我的美國弟子十余人鞠躬如儀；站在馬克思墓前，我徘徊良久，終於拜了一拜。20 世紀多少事情都是以他的名義發生的，在中國更是如此。我生也晚，卻恭逢其時，身經目睹了許許多多難以忘懷的事情。但我尊敬他的學識，尊敬他的浩然之氣，尊敬他作為學者和組織家的精力，尊敬他以天下為己任的氣魄。

兩座國恥紀念碑

——游凡爾賽宮遙想雅爾達

　　1919 年《凡爾賽和約》觸發了萬里之外的「五四」運動，歷史學家將這一運動作為中國現代史和近代史的分水嶺。凡爾賽的中國國恥於 1945 年在雅爾達重演。中國對凡爾賽的反應是舉國激憤，從而開創了「五四」新時代，但對雅爾達的反應卻是一片沉寂。如果說《凡爾賽和約》是國之明恥，《雅爾達協定》就是國之隱恥。現在回味一番這筆世紀之賬正是時候。

中國現代史的起點

　　巴黎西南的凡爾賽宮是法國「太陽之王」路易十四的寢宮，其後數代國王亦居於此。其建築之雄偉，園林之優雅，藝術珍藏之名貴，堪稱歐洲之最。

　　1996 年，我在濛濛的春雨中獨游凡爾賽，於天上地下殿閣樓台中只見無限蒼涼，於鋪天蓋地雲中樹裡只聽得《詩經》中「黍離」的悲愴和「黃鳥」的悽惶。佛經裡如來現出本相，世界起六種十八相震動，生活中歷史現出本相，竟能將混沌的既成事實，震出清晰的條理。凡爾賽就給我以這種歷史的震動。

　　中國現代史從凡爾賽開始。凡爾賽是中國的國恥紀念碑，國人至此當扼腕長嘯。1919 年 4 月 30 日，凡爾賽和會決定把德國在華一切

特權轉交日本，戰勝國中國和戰敗國一起受到懲罰。5 月 4 日，北京學生齊集天安門廣場，遊行抗議，並引起全國回應。以後中國一切政治、文化社會發展都與這一運動有關。於是凡爾賽成為我心儀已久的勝地，以為游蘇州不可不遊虎丘，游巴黎不可不遊凡爾賽。

凡爾賽宮的正門前是一片廣場，幾個世紀以來的歐洲達官顯貴在其間奔奔走走，也曾是一番熱鬧。此時此景，使我想起 1919 年穿過廣場的中國代表。他們一步步向凡爾賽宮走去時，該是何種心境呢？前有得到列強支持的日本代表，後有悲憤無告的四萬萬國民，其等待宰割的心境或許只有《詩經》中「黃鳥」一詩才能表達吧：

> 交交黃鳥，止於棘。誰從穆公？子車奄息。維此奄息，百夫之特。臨其穴，惴惴其栗。彼蒼者天，殲我良人。如可贖兮，人百其身！

此詩旨在哀憐秦國三個良臣，被迫殉秦穆公之葬，走近那埋棺材的深坑前，眼見悲慘之狀，不禁身子抖顫起來。凡爾賽正是埋葬中國的深穴。日本之意，必以中國為其現代化的祭品。「臨其穴，惴惴其栗，」正是彼時中國代表陸征祥、顧維鈞、王正廷諸人心境，國人至此或可於此詩中體驗一二。

安穩現世中的歷史明鑒

我走進凡爾賽宮主殿，穿過歷代國王、王后的居室，終於步入鏡廳。這是一間高高的長方形的大廳，四周鑲滿大理石環繞的鏡子。天花板成拱形，上面繪滿經典名畫，其間不乏名家之作。鏡廳之豪華富

麗，如夢如雪，金粉金沙中，處處是今天。比起北京故宮太和殿來，
這裡多的是現世的安穩，少的是高入雲端的縹緲，多的是歷史的明
鑒，少的是神話的高逸。果不其然，在這間大廳裡，1783 年確定了
美國的邊界，1871 年德意志聯邦得以成立，然後就是 1919 年結束一
次大戰的《凡爾賽和約》。地老天荒，此一和約至今悠悠八十餘年。
儘管中國八十餘年種種無不與此事有關，此一國恥本可一聲長歎就此
罷了。可是我踱出鏡廳，步入宮後御花園之中卻隱隱心有不足，仿佛
在鏡廳失落了什麼。於慌忙中，我返回鏡廳，在這兒，一聲淒厲的耳
語竟是那失落之物。它揮之不去，斬之不斷，漸而如滾滾車輪，終成
轟天霹靂，裂開凡爾賽宮拱頂，直向下撲來。那聲音就是：雅爾達！

　　在雅爾達，凡爾賽的中國國恥竟奇跡般地重演了。凡爾賽犧牲了
中國在山東的利益，雅爾達則將中國領土割去七分之一。不可思議的
是，中國在兩次世界大戰中都是戰勝國。第一次勝而失地有陳獨秀等
知識份子鳴不平，從而引起「五四」運動；第二次勝而失地，國內縱
有零星抗議，也終未成氣候。第二次世界大戰後的中國知識份子不幸
失去了第一次世界大戰後的敏感。時至今日，此段歷史還是禁區。

　　1945 年 2 月 12 日，勝利在望的美、英、蘇三國政府在蘇聯雅爾
達簽訂協定，決定歐戰結束後兩至三個月內，蘇聯對日作戰。在蘇聯
強烈要求下，出兵條件為：（一）蒙古獨立；（二）恢復蘇聯在中國東
北的權益（如租用旅順港）；（三）蘇聯得到千島群島。

　　此《雅爾達協定》荒天下之大謬於極點，其欺辱中國勝凡爾賽十
倍。中國是對日作戰的主力，三個同盟戰友居然背著中國割出中國領
土。協定不談如何處置行將戰敗的日本，而是條條針對浴血苦戰的中
國。將日本在東北的權益轉交蘇聯與《凡爾賽和約》將德國在山東權
益轉交日本有何區別？此時日本早成強弩之末，蘇聯出兵與否，本無
傷大雅，即使有必要出兵，與中國邊界何干？如中國以堅持抗戰為

由，向蘇聯要求烏克蘭獨立可乎？

至於蒙古獨立與否，本應以全中國人民和居住在內外蒙古的數百萬蒙族、漢族以及其他民族人民的意志為轉移，何需幾個戰勝強國強加給一戰勝國？蒙古與中國的關係原比西藏更密切。獫狁、匈奴、契丹縱說不清楚，元朝一統舊案不過七八百年。清代蒙古為中國一部分，設烏裡雅蘇台（今外蒙）和內蒙兩省，1921 年蒙古「人民革命」成功，成立君主立憲政府，1924 年喬巴山、蘇赫巴托爾始宣佈成立蒙古人民共和國。當時的北洋政府雖內外交困，也拒絕承認。遲至 1945 年南京政府才正式承認外蒙古獨立，其目的是希望蘇聯在即將到來的中國內戰中保持中立的立場。直到 1962 年 12 月 26 日簽訂了《中蒙邊界條約》，1964 年 6 月簽訂兩國邊界議定書，蒙古最終獨立。

中國抗戰勝利之時，反割領土，此非其時也；美英蘇代劃戰後中國國界，此非其人也；雅爾達距當事國萬里之遙，此非其地也。人非其人，時非其時，地非其地，雅爾達重演凡爾賽舊事，只是凡爾賽的日本換了雅爾達的蘇聯，中國的山東換成了中國的東北，旅順、中東鐵路等後來收回，可另當別論，唯蒙古 156 萬平方公里之失，雅爾達超過凡爾賽許多。戰勝的中國兩次受到戰敗的待遇，在世界史上似無先例。

雅爾達與凡爾賽區別之處不在列強的態度，而在於中國的反應。在凡爾賽，中國代表尚敢拒絕簽字，中國知識份子尚能發動「五四」運動激起全中國人民的憤慨。但到雅爾達之時，疲憊不堪的中國失去了憤慨的力量。

知識分子失去憤慨的力量

更應令國人百感交集的是，確認蒙古獨立的《中蘇友好同盟條約》簽訂於日本宣佈無條件投降的同一天：1945 年 8 月 14 日。彼蒼者天，曷其有極！發動戰爭者，日本也；戰敗而口稱「玉碎」實則投降者，日本也。堅忍抗戰十四年者，中國也；受損失最大者，中國也。何以未聞戰敗的侵略者本土有寸土之失，付寸金之賠款，戰勝的受害者反在勝利的同一天割國土 156 萬平方公里？可悲的是，條約簽訂之後，除南京學生略有反應外，舉國一片沉默，有為國土沉淪悲憤的中國文人如辛棄疾、陸放翁竟在何處？凡爾賽時代的巨人陳獨秀、胡適之等到這時還健在，如何不發獅子吼？中國對凡爾賽的反應是舉國激憤終成「五四」新時代，對雅爾達反應卻是一片沉寂。這沉寂一直延續到五十年後的今天。如果說《凡爾賽和約》是國之明恥，《雅爾達協定》就是國之隱恥了。

1945 年，中國對蘇談判代表宋子文起初不肯承認外蒙獨立，史達林堅持說，這個問題不解決，《中蘇友好同盟條約》就不能簽訂。最後中國政府被迫同意在外蒙採用所謂「公民投票」決定外蒙獨立問題。在蘇聯控制下的外蒙舉行「公民投票」，其結果不難預料。此欺誰乎，欺天乎？

早在《雅爾達協定》簽訂之後，美國赫爾利大使就曾問道，美國是否有權利割讓另一個主權國家的一部分領土，從而破壞了美國參加第二次世界大戰時所宣稱的一切原則和目標。羅斯福本欲對雅爾達的不公有所彌補，未果而逝世。繼任之杜魯門則不願對《雅爾達協定》提出修訂，當然，中國自己未堅決反對《雅爾達協定》，怨不得別人。如是，雅爾達之案比凡爾賽更為難翻。

從 19 世紀中葉開始，沙俄割中國領土日甚一日。1881 年《伊犁條約》割新疆西北七萬平方公里後，俄國即對蒙古欲行吞併。中國有志之士皆已知此。清光緒二十年，中日甲午戰爭之時，滿族將軍志銳（字伯愚）被任命為烏裡雅蘇台參贊大臣。烏裡雅蘇台鎮位於今之外蒙古北部，為抵抗沙皇侵略的前線。廣義的烏裡雅蘇台則指今外蒙古。文廷式填詞《八聲甘州》一首以壯其行，其詞悲涼慷慨，特錄於下：

> 響驚飆越甲動邊聲，烽火徹甘泉。有六韜奇策，七擒將略，欲畫淩煙。一枕萱騰短夢，夢醒卻欣然。萬里安西道，坐嘯清邊。策馬凍雲陰裡，譜胡笳一闋，淒斷哀弦。看居庸關外，依舊草連天。更回首，淡煙喬木，問神州今日是何年？還堪慰，男兒四十，不算華顛。

王瀣手批《雲起軒詞鈔》說：「此詞後遍（片）豪宕而神色愈淒。」我們今日讀之，可於故作達觀中看出詞人保衛蒙古的壯志及國力衰微、力不從心的淒涼心態。結果是志銳沒有機會以施展「六韜奇策」，以後歷屆運籌帷幄者也沒有「七擒將略」，烏裡雅蘇台鎮距今日中國邊界已有千里之遙了。記得六七十年代中蘇對峙時，蘇聯屯重兵于中蒙邊界，京津一帶居民常議論說，如爆發戰爭，蘇聯坦克至北京可朝發夕至。

想到這裡，我已信步走到凡爾賽宮後花園中，此園壯闊開朗與北京故宮御花園曲徑通幽又有不同。看來西洋人堆山鑿池，意在明快，不循「三遠」之法。此時暮春中的法國，細雨仍不停地下著，似欲洗淨歷史的陳跡。凡爾賽，中國現代史的起點，中國的國恥紀念碑，與雅爾達東西呼應，當使國人「淒斷哀弦」。我四面望去，在成群結隊

的日本遊客旁，也似有兩三個中國人忙著照相，我也不便湊過去打鄉談，掃興說什麼《凡爾賽和約》《雅爾達協定》之類，走近時，不過點頭微笑而已，心中唯願有朝一日更多的國人來此遊覽，但願其中有人記起這裡與中國現代史的關係，記起雅爾達對凡爾賽的重演。

歷史的不公正持續重複

至於國土歸屬，時至今日，亦當尊重現實及各民族的願望，不可強求。天下大事，合久必分，分久必合，機遇所致，非人力所能及。清乾隆時遠居俄國伏爾加河流域的蒙古土爾扈特部不遠萬里返回祖國，今承德普陀宗乘之廟尚有碑記其事。內蒙古今日發展蓬蓬勃勃，近年已成產糧大省，遑論畜牧礦冶，比外蒙古氣象不同。此點內外蒙古人民心中自是有數。北方遊牧民族對中華文化的發展有著不可比擬的偉大貢獻，漢人自古對北方遊牧民族畏中有敬有親。千百年來，中華民族血液中流動著北方遊牧民族的血液，故于嚴謹精細之外，不乏豪爽壯闊悲涼慷慨。但願天長地久，漠南漠北人民康樂幸福。領土得失，分分合合，古已有之。更何況經濟文化發達之後，國界意義當相應減弱。我之所以站在凡爾賽宮前記起「黍離」的淒涼、「黃鳥」的惶恐、「八聲甘州」的悲壯，乃是有感於歷史不公正的重複。兩次世界大戰，中國都是勝利者，卻兩次勝而失地，兩次受到戰敗國的恥辱，成為事實上的最大輸家。平型關的捷報，台兒莊的凱歌，南京三十萬遇難同胞，加上全國幾千萬死難軍民，難以統計的財產損失，都被《雅爾達協定》一筆輕輕勾去。

1945 年，抗日戰爭剛一勝利，重慶就傳出對日本要「以德報怨」的聲明，以後中國各屆政府都宣佈放棄索賠要求。可惜受惠者當年不

怎麼感恩，如今也不太戴德。像《凡爾賽和約》一樣，《雅爾達協定》更沒有給慷慨的勝利者些許賞識，倒是慷慨地第二次割去勝利者的土地。

我這裡不是討論蒙古應否回歸，也不是想挽回歷史的遺憾，更不是唯恐天下不亂。君不見當今之世輕言「分合」會血流千里，有波士尼亞為例。我只不過想討個歷史的公道。當今之日，一個小島、一片沙洲，都要爭得不亦樂乎，動輒搬出典籍文獻，必欲得個水落石出，何以雅爾達一案塵封不過五十年就成為歷史陳跡呢？即使外蒙古應該獨立，當年有人問過居住在內外蒙古包括漢族在內的全體居民嗎？當年居住在內外蒙古的占人口多數的漢族人民是否也有投票決定自己命運的權利呢？有人問過他們內外蒙古應該分裂嗎？即便內外蒙古應該分開，究竟應從何劃界呢？有人費神問過中國政府或人民嗎？難道中國是無條件投降的侵略者嗎？中國代表宋子文何以不厲聲用他的廣東家鄉話問史達林一句：

「中國亡國了嗎？是誰無條件投降？大元帥有沒有搞錯？」

然而宋子文沒有問，中國各方也沒有人問。因為斯時戰雲密佈，民國世界又要自己動刀槍了。

就這樣，中國的國恥，從凡爾賽飄落在雅爾達，國人於其中頗可得些教訓。說什麼「以德報怨」，說什麼「世世代代友好下去」，如果沒有自尊自愛和尊重其他文化的歷史感，凡爾賽與雅爾達之事未必不會重演。

我從凡爾賽回到巴黎，塞納河邊已是萬家燈火，巴黎聖母院的塔頂已消失在茫茫夜色之中。回首望西南，凡爾賽更無蹤影。遙望夜空，星漢燦爛，周圍一片寂靜，同時耳際又有不可捉摸的聲音，極遠又極近，像是平型關下波濤松聲似有似無，像是蒙古高原雁陣驚寒乍來即去，像是戈壁灘上淒切的沙鳴，像是秦淮河畔三十萬孤魂輾轉嗚

咽，像是漢唐邊塞胡羌笛怨楊柳，像是兩宋鐵馬秋風大散關。其聲何來？百思不解，於是賦詩一首，以志凡爾賽之遊：

游凡爾賽宮思凡爾賽、雅爾達兩協議有感（1996 年）

勝而失地古未聞

漠北羞殺霍將軍

受降城外誠有月

瀚海源頭原無春

帷幄兩出和戎策

疆場三哭壯士魂

客意寒馨夢遙遠

奈何邊關退玉門

藍天紅土澳洲行

　　2003 年 7 月 4 日到 8 月 1 日，我參加了美國一所大學組織的教授旅行學習參觀團，到澳大利亞學習動植物、地理、藝術和文化。我們一行十二名同行，邊看邊學，邊讀書邊聽講座，在四個星期內走遍澳洲東部、北部和中部。日有所學，夜有所思，對澳洲、美國、中國乃至世界人生，都多了若干新瞭解。返回美國後，心中感慨猶揮之不去，記述如下，若有一言半語中的，則不虛此行了。文不分所見時間先後，唯加小標題，似可略添條理。書之蕉葉，裝入竹桶，投之滄浪巨海，任其漂流。棄之大荒山下，青埂峰前。或有人海邊山下，俯而取之，破竹一讀，也算我們一段緣分。

澳洲的天空

腳下的焰火

　　乘機離開洛杉磯正值美國國慶日放焰火，從天上望下去，翻騰起伏，壯麗無比，焰火從來都要仰視，這次都在腳下，平添幾分反常的詭譎奇麗。久聞澳洲一切都是反的，老子曰「反者道之動。」澳洲正是從下向上觀察世界的好角度。此行於我乃悟道明世界之旅，未出美國，已見「反」之端倪，正此行之好兆頭。

無限的星空：人生的最佳伴侶

不論在澳大利亞的大海上、雨林中、沙漠裡，只要周圍燈光暗淡，我每晚都要仰觀燦爛的星空，只覺得人生煩惱都在浩瀚宇宙前化為烏有。不論在南北半球何處，星空應是化解煩惱、揭諦人生的最佳伴侶。在空間上永恆、時間上無邊的星空襯托下，我們的憂愁既不永恆又不無邊，所以不必要和永恆爭短長。人無百年壽，常懷千歲憂。星空將區區人世的紛雜，澄濾得晶瑩剔透了無妨礙。其實北半球的星空何嘗無此作用，只是司空見慣，沒有了初見的驚喜。經常仰觀天空而永遠驚異新鮮的人，可謂有福了。

頭上的南十字座

南半球的星空與北半球截然不同，銀河上多了幾個粗大的分支，乃是麥哲倫星雲。而在北半球完全看不見的南十字座，在這裡卻指示方向，相當於北半球的大熊星座或北斗星。南極星座是傾斜的菱形，菱形的一條邊的連線和另兩個星星的連線的交點即是南方。這裡完全看不見北斗星。雖然早知南半球看不到北斗，但仰觀沒有北斗星的星空，每次都驚懼不已。震撼之餘，想起國內上世紀 60 年代流行的歌曲：「抬頭望見北斗星……」不覺百感交集。抬頭不見北斗星不知如何。

酒杯裡的南十字座

一次在澳洲中心沙漠地帶烏盧魯山下的酒店，美國同事依例晚上喝酒。我素不喝酒，信步走出，仰觀沙漠上的南半球星空，神奇而明亮，萬籟俱寂之中似乎有洪鐘夔鼓的巨響從星空傳來。我在南十字之下舞一套太極劍之後，不覺也沉沉如醉。返席見諸君依然喝酒聊天，

話題依舊，於我則恍如隔世。我有奇觀在天，未飲先醉，銀河瓊漿清
冽如酒，何必貪人間杯中之物。不禁口占一絕：

> 萬籟沉沉意未酣，
> 何人擂鼓動山川。
> 最奇南國夜如水，
> 飲罷瓊漿下九天。

澳洲的海洋

英國航海家庫克與中國航海家鄭和

近年有英國歷史學家宣稱最先發現美洲的不是哥倫布，而是中國
的鄭和，據說鄭和的船隊更在南十字座的指引下首先發現澳洲的，比
英國航海家庫克早許多年。[1]我們出海潛水看珊瑚礁海底三天，船長
是個勤勞的年輕人，有空就幫助廚師做飯。於是我叫他「庫克船
長」。英文中庫克船長和廚師船長正好同字同音（Captain Cook）。西
方追隨庫克船長者何止百萬，可惜鄭和開創的道路中斷五百年。所以
這位船長不知道鄭和，也沒有反過來戲稱我「鄭和船長」。

達爾文市海濱游泳

小時我曾立志，遊遍世界。此游非旅遊之游，乃游泳之遊。澳洲
四面環海，豈能錯過。到悉尼第一天和幾個同事渡海到曼利海灘
（Manly Beach）游泳。北半球的夏季正是南半球的隆冬，南部的悉
尼海水冰冷。所以當地人此時多在海邊閑坐或者穿厚重游泳服衝浪。

1　Gavin Menzies, 1421: The Year China Discovered America, Harper Perennial, 2004.

我們下水一次不敢多留，算是留個紀念。澳洲北部的達爾文海水倒是溫暖，但很多當地人卻怕鯊魚、鱷魚、海蜇，說不能下海。海濱明明有牌子表明游泳區，有文字說明夏季危險，冬季可游泳但要小心。我問了從外地移居本地的澳洲人，證明安全無誤，所以我在日落中下海，了此心願。入鄉隨俗固然不錯，但海邊人怕海洋，我頗知幾例，不可全聽當地人一面之詞。所以入鄉隨俗之話也不全對。

海底的繽紛世界

我們乘船在珊瑚海三日，潛水觀察海底世界。在費茲洛伊島附近熱帶魚珊瑚海草之中，我發現一隻大海龜。我在海面追蹤，和身下幾米的海龜同步游泳很久，也是此行一大樂趣。據說海龜生命很長，不知當年有誰見過這只海龜。早年中國移民，恰恰就被澳洲當局拘禁在我們潛水的費茲洛伊島，也許這些移民從岸上看過它。百年之後，此龜或仍在海底徜徉，不知將來誰人再與之同步遊。近來國內稱歸國留學生為海歸（龜）派，但願彼「海龜」在社會大海中漫遊有此海龜之從容優雅。

海上一天兩次日出

破曉時分船過俄耳甫斯島，庫克船長神秘地說：「我們幾分鐘內要看兩次日出。」此話聽來有點怪，眾人不解。果然不長的時間內，我們看到太陽兩次從島後的山峰升起來。原來島上的山有高有低，我們先駛過低處，看了一次日出；再過高處，太陽又從山后升起來。事本無奇，但此情此景配此言，也有一番虛幻雅趣。唐朝本寂禪師作偈子曰：「焰裡寒冰結，楊花九月飛。泥牛吼水面，木馬逐風嘶。」意為設想不可能之事的可能性，焰裡不可能結寒冰；楊花也不能九月飛；泥牛入海就化，不能吼水面；木馬更不可逐風嘶叫。在澳洲船上

一天看了兩次日出之後，我也作偈子曰：

> 神龜身下浮，
> 天在北斗無。
> 焰火腳底飛，
> 一晨日兩出。

澳洲動物是界

澳洲與其他大陸隔絕，故動物十分奇特，似乎在進化過程中被甩出生物進化鏈，孤懸海外，上不著村，下不著店，樣子可笑、可愛、可憐、可怕、可敬等等，無奇不有。

袋鼠可謂可笑，後腿長、前腿短。袋子中的小寶寶有時也伸出頭來和媽媽一起吃草，觀之不禁放聲大笑。因為其笨拙的樣子對人沒有威脅，使人感到安全，所以使人感到可笑。

樹袋熊可謂可愛，圓圓胖胖，抱在樹上不動聲色，雖熟睡也保持身體平衡。其實它們身體內部不斷消耗大量微生物來化解所吃的桉樹葉中的毒素，正是內張外弛的可愛。

野狗是從亞洲傳入的家狗變種，在荒原賓士覓食，可謂可憐。有時，瘦瘦的野狗從遠處望著人們，似乎懷念做人類最好朋友的舊時光，這想法也可能是愛狗的人們一廂情願。野狗享受自由，也許在懷念自己更早的祖先——狼。一次我見到一隻被人捉住、鎖在鏈子上的野狗，不禁撫摸它一陣，它面露感激，立刻翻過身來，仰面朝上。據同行的動物學家說，這是野狗的肢體語言，表示它承認你最強，為狗群領導，它為第二。連野狗都有等級觀念，讓人心頭淒涼。

如果人愛野狗有憐的成分，愛野馬就有敬的成分。澳洲遊蕩著的

成群野馬是可敬的。澳洲本無馬和任何硬蹄動物。一兩百年前歐洲人帶進來馴服的馬，有些無主馬在草原上繁殖起來。和動物學中的真正野馬不同，它們是家馬的近期後代。澳洲土著人在保留地上禁止獵殺野馬，所以愈發繁盛起來。我在遠處看到好多群野馬，一派營養豐富、膘肥體壯、悠然自得的樣子，和清朝康熙皇帝的宮廷畫家義大利人朗世寧筆下的群馬圖無異。可惜憎惡奴役馬的莊子沒有看到這擺脫人類奴役的馬回歸大自然。馬克思所說「失去的只是枷鎖，得到的卻是整個世界，」仿佛是這些野馬的寫照。

澳洲鱷魚可謂可怕。一次在黃水河，乘船遊覽，水中幾十米就有一隻深黑色的鱷魚，陰森森地看著人們，提醒人們敬畏自然。中華民族敬重的龍，或許和鱷魚有關。黃河流域遠古是有鱷魚的，故夏朝有豢龍氏。人類有對爬行動物的敬畏，源於遠古人類和爬行動物爭霸。爬行動物是古人類最危險的敵人，所以我們在榮格氏所謂種族記憶中有對百萬年前仇敵的敬畏，於是人類以爬行動物為藍本想像出龍，其中鱷魚也有份兒。我寫過一本英文書，談東西方的龍，此刻行舟群龍之中，頗怕龍聽說此書，過來親熱一番，此時方才明白葉公好龍之真諦。

澳洲植物是界

澳洲的植物繁盛，豐富多彩，有 25,000 種。熱帶雨林中物種最多，有 18,000 多種。沙漠地帶也有 2,000 多種植物，在缺水的環境中頑強生長。有些樹活了 2,500 多歲，有些蕨類植物的物種維持著兩億多年前的形態。這些蕨類植物當與恐龍同時，恐龍不存，植物依舊，未免多看幾眼。自然的殘酷，自有美的一面。熱帶雨林有一種寄生樹，其枝條先攀別的大樹而上，將大樹緊緊裹住，幾年後漸漸把原樹

勒死。有時沒有攀到別的樹，就近包住大石頭，石頭當然紋絲不動，形成樹包石頭的奇觀。沙漠或半沙漠的植物常常成漏斗形，大頭向上，以便稀少的雨水降下時，收集到根部。

澳洲人

澳洲原來是英國流放犯人之地，所以早期英國移民有很多犯人，不像美國的早期英國移民有很多逃避宗教迫害的清教徒，這種歷史自然給後代留下不同烙印。不過澳洲人對此倒也不回避。美國人一提華盛頓、傑弗遜、林肯就肅然起敬，澳洲人則沒有這樣的民族英雄。此利耶，弊耶？

澳大利亞是一塊古老土地上的年輕國家，有文字可查的歷史很短，這反而給澳洲人更長遠的歷史觀。既然談不了幾千年，大家談幾百萬年好了。所以，我們在澳洲的講座總是從地球陸地漂移開始。話說地球陸地本是一塊，兩億年前分成兩大塊：北部的勞亞古大陸（Laurasia）包括北美洲、亞洲北部、歐洲，和南部的岡瓦納古大陸（Gondwana）包括南美、非洲、南亞、澳洲、南極洲。後來兩塊大陸再分裂融合，形成現在的格局。原來印度和中國的南部竟然是從南部板塊飄來嵌入北部的，而現在澳洲還以每年 8 釐米的速度向北漂移。我們在澳洲的講座，不論歷史、地理或生物，每位教授開場白都是從岡瓦納古大陸（Gondwana）的大陸板塊漂移開始，我在台下也如坐五裡春風，百聽不厭。孫悟空剛出山聽菩提祖師講道，聽到得意處，不禁抓耳撓腮，眉開眼笑，忍不住手舞足蹈；我一聽岡瓦納古大陸（Gondwana），也喜不自勝，以為看破澳洲人世界觀的玄機。作為文明古國的繼承者，我們在珍惜豐富多彩的五千年歷史的同時，或許

應從中得到啟示，把眼界從五千年的積澱中移開一會兒，多一個看世界的新角度。

中國人

逃到中國去

　　一位悉尼的教授告訴我，有些罪犯初從英國被押送到澳洲東海岸，就向西方荒原逃跑，希望逃到中國。這些罪犯不明地理，當然跨不過沙漠和大海，到不了夢寐以求的中華天國。更有個別人在地上挖洞，希望挖到中國。我聽了，心頭一震，默然久之。子曰：「亂邦不居。」當時法國百科全書派鼻祖狄德羅就曾說過中國是世界最理想的國家。在 18 和 19 世紀的英國囚犯心中，中國正是這樣的偉大安全富庶的國家。鴉片戰爭以來，多聞我國移民到外國，雖赴湯蹈火在所不辭，少聞外國人移民到中國，此值得國人深思。

澳洲的中國長城

　　在澳洲北部熱帶荒原中有一條長長的斷壁殘垣基石，在灼熱的紅土上蜿蜒而行。此城牆是何人所建、為何而建都是一個謎。因為史載 1882 年中國勞工曾在此種植咖啡和甘蔗、飼養牛馬，所以當地人稱為中國城牆。中國人吃苦耐勞，又愛蓋牆，想來是中國人的遺跡。我以前沒有在任何書籍中讀到過這個城牆，中國學者或媒體似應到此考察一番。我在牆邊徘徊很久，似乎看見一百多年前，我們盤辮赤膊的祖先在極其炎熱的澳洲熱帶拼死工作，希望有朝一日落葉歸根，不過他們大約十之八九客死他鄉，未能回到早把他們忘掉的戰亂頻繁的祖國。

悉尼的上海計程車司機

從悉尼海德公園到歌劇院，計程車司機是中國人。悉尼的中國計程車司機所占比例之高也是我在別的地方沒有見過的。我和一位來自上海的計程車司機用中文談起來，他先說，澳洲很好混，但又說有中國在，澳大利亞別想在亞洲當領導。從北京到悉尼，中國司機都愛談政治，此兄之國際政治見解未必高明。同行的美國同事問我們談的什麼。我據實翻譯，大家愣住，不知所以然。我自然知道個中五味，這一番話表達出寄居他鄉的華人複雜的心情。離開悉尼歌劇院，司機又像中國人，但因為剛才看的是悲劇《蝴蝶夫人》，車上氣氛有些凝重，我也不便打鄉談，不過是下車時用中文道謝而已。他也用中文鄭重告別，算是他鄉遇老鄉互道珍重了。

旅伴種種

我到美國 20 年，總覺得和美國人還有文化隔閡，參加這種學習班，大家上課、吃喝、旅行、娛樂都在一起，又共同面對新鮮的環境，自然多了一層瞭解。在外國旅行，美國教授有寫不完的明信片（每到一地，必買有本地特色的明信片數張，分寄親友），看不完的書（美國人看報紙較少，但看書很多，旅行中與本地有關的書是最佳伴侶，我們指定的參考書即有五六厚本，大家熟讀討論），算不完的賬（吃飯取分賬制，飯後結帳一清二楚），聊不完的天（人情淡薄，平時聊天乏人，旅行中飯後必聊三四個小時，視為一大享受），洗不完的衣服（襯衣、內衣、襪子每日必洗換，每到旅館，先找投幣洗衣機再說別的），打不完的電話（與國內親友聯繫），發不完的 E-mail（好在澳洲網吧多而方便），走不完的路（無論景區、城市，只要可能大家總喜歡徒步）。

美國教授給自己的女兒打分為 C

個人主義在英文是褒義詞，是許多美國人信奉的原則。在旅行中有位美國教授，以前在學校時我們只有點頭之交，只覺得此人很博學也很善良，但很精明。這次在朝夕相處中有了進一步的瞭解，通過他我進一步瞭解了美國。一次他談到他女兒曾是本校學生，選過他的課，但太不努力，所以他給自己女兒期末分數為剛剛及格的 C。這在視分數為第二生命的我國人看來，簡直是大義滅親，原來個人主義與公正在美國人身上可以並存。有這種人在，營私舞弊可謂難矣。

逢山就爬的老吉姆和逢水就遊的我

吉姆是人類學教授，平時酷愛爬山，幾乎到了逢高就爬的程度。澳洲中心的烏盧魯，是由一塊石頭構成的山峰，雖然比不上高山險峰，但從紅土沙地上突兀而起，也引得吉姆躍躍欲試。但巨岩下牌子上寫有澳洲土著的警告：「登山危險，我們的文化對失去親人最痛心，我們也不希望你的家人失去你，所以建議不要登山。」吉姆沒有爬此巨岩，未免悵然。我則是酷愛游泳，從澳洲南部到北端，直到中部，不論海濱湖泊和旅館的游泳池，只要安全，幾乎逢水就遊。說來也巧，這塊巨岩下有一個幾米長的小水坑，因為是在沙漠中心，百里以內人畜皆來此飲水。水比澡盆大不了多少，水邊居然立牌子說，此乃當地土著聖水，禁止游泳。我也看看就走了。第二天在飛機場小賣部我看到一張巨岩和水坑的明信片，買了一張，題詞後送給吉姆。他看了題詞後雀躍不已，遍示同事，還說回美國後要裝入鏡框，永久保存。我寫的是：This was the only peak Jim did not climb, and the only water in which Qiguang did not swim, because of their respect for culture.（這是吉姆唯一沒有爬的山和啟光唯一沒有游泳的水，他們沒有這樣做是出於對文化的尊重。）

負責的領隊值得敬佩

我們有兩位元領隊，一位元是生物學教授，一位元是藝術學教授，都是正統的美國人。這位元生物學教授無論在森林裡、沙漠上、動物園，還是植物園中，總是不停地給大家講解。這位藝術教授乘車總是為大家搬行李，上車後自己選最不舒服的位置坐下，有空就獨自對景寫生。其實這次學習旅行的資金都是他申請籌集的。我留心看去，他自始至終都沒有面帶怨色，勤勤懇懇而已。有人遲到早退，埋怨或提不合理要求，他也是和顏悅色。在其位謀其政，何必給人顏色，此孔子所謂「色難」，即表情謙恭最難。據我看，此公並沒有控制顏色，而是心裡覺得應該盡職，這種人我在美國見過不少。美國成為超級大國，良有以也，國人不可大意。

跟樹過不去的人類學教授

同團有一位人類學教授，平時有點迷迷糊糊，不是忘了集合地點就是錯過集合時間。上文那位「個人主義公正教授」要求不等的就是此人。好在荒郊野外，就是晚了半小時，哪能真的不等。所以這位仁兄次次遲到，卻一直跟隊不誤。一次在霧氣朦朧的雨林裡，導遊介紹一種類似棕櫚的熱帶樹叫 lawyer（南方懸鉤子，本文特稱「律師樹」），說樹上有毒刺，非常危險，千萬不要碰。一聽此名，此兄火不打一處來，先是在原地揮拳跺腳，接著沖上去就要踢樹，口中念念有詞「I hate lawyers, I hate lawyers！」（我恨律師，我恨律師！）導遊一把抓住他，說「我剛說過，樹有毒刺，你怎麼碰它？」他只是義憤填膺，恨聲不絕。我們沿著雨林中曲曲彎彎的小路，繼續前行，離開「律師樹」很遠，他才平靜下來，講起自己為何恨律師。原來他剛剛離婚，前妻雇了一位刁鑽的律師，把他的孩子、房子、車子、存款一

掃而空，還剝奪了他探視孩子的權力。律師害得他家破人亡，焉能不恨，所以他以後一看見類似的樹，二話不說，上去就是一個掃蹚腿。好在他是人類學教授不是生物學教授，不懂植物分類學，踢的往往不是真的「律師樹」，所以他大義凜然，常戰常勝，雪恥解恨而不受傷。美國人喜歡律師者少，所以他踢樹也往往贏來大家半贊許半揶揄的笑聲。一次歪打正著，他踢到了真的「律師樹」，毒刺縈在腳腕，腿一下子腫起了好幾英寸，走路一瘸一拐起來。可是他不但不檢討，反而指著腿說：「See，this is why I hate lawyers.」（看看，這就是我為什麼恨律師。）以後他得了理，遲到更有了藉口。一次集合上車，他又晚了 20 分鐘，全車怒目而視，「不要怨我，全怨律師。」他邊說邊一瘸一拐地爬上旅遊車，於是車裡又歡聲滿座，歡迎常勝將軍凱旋。

拘謹精確的日本女教授不肯表演

我們在熱帶雨林中遠足，在林海樹叢中往往聽到鞭鳥的呼應之聲。雄鳥先叫一聲，雌鳥立刻呼應，聲音很像清脆的鞭子聲，故稱「鞭鳥」。在雨林中，領隊的生物學教授教會我和一位日裔女教授鞭鳥鳴叫。我們在雨林中行進，就用鞭鳥的一唱一和聯絡，以免迷失在林中。因為樹林太密，幾步之外就看不見人影，所以前面的人學一聲鳥鳴，後面的人回一聲，大家都不會掉隊。結業宴會上，大家推我致詞感謝領隊，我想在致詞中加入鞭鳥呼應聲，故邀此日裔女教授共同表演，不料她斷然拒絕，說是學不精確，不能獻醜。美國人此種聚會，總以詼諧生動為佳，沒有必要精確。美國人此時會說「whatever」（無所謂），中國人會說「差不多」。胡適有文章說中國的事就壞在「差不多」這句話上，寫文章批評國粹「差不多先生」。中國人的「差不多」和美國人的「whatever」自有大陸文化的從容慷慨，日本、英國事事求精，未免有島國文化的特點。

開朗的印度女教授準備嫁給猶太人

旅行團中有一位年輕的印度女同事，為人活潑健談，我們兩人從中印邊界戰爭到中印經濟比較，從印度的種姓制度到中國的風俗習慣，無所不談。她認為中國在軍事上、經濟上都打敗了印度，所以比印度強，這固然是對我謙虛客氣，也是我在書報上常看到的印度一些學者的見解。我也謙虛一番，說說印度發達的軟體，和上世紀 50 年代周恩來、尼赫魯、印地秦尼巴伊巴伊之類。一天，我們一行十幾個人列隊在雨林裡走得高興，她悠悠說起自己馬上就要結婚了，郎君乃一年輕猶太教授。大家全體停住，一涉及種族宗教，美國人說話就謹慎，不會說印度人、猶太人家庭規矩都多，豈不吵翻天云云，所以大家都盯住她要聽下文。她果然不負眾望，說是男女兩家都反對，和未來的親家頭一次見面下飯館就起了衝突，將來婚禮更不知會出何問題，好在自己拖過了三十，這在印度大齡得要緊，嫁給誰都行，父母都想推出門省心算了。說得大家哄堂大笑，雨林中驚起一群奇形怪狀的熱帶鳥，邊飛邊怪叫，聲如人笑，又引起大家第二輪大笑。有情人難成眷屬乃千古傷心之事，我國有孔雀東南飛，西方有羅密歐與茱麗葉，都以生命做最後抗爭。不過悲劇今天在這兒成為大家的笑談，結果飛鳥也笑。天地人笑成一團。李清照詞有：「誤入藕花深處，爭渡爭渡，驚起一灘鷗鷺。」淒涼懷舊，傷心泣血，結果鷗鷺也驚。遊戲人間，歡聲滿座，結果野鳥也笑。

愛喝啤酒和愛看書的德國女同事

美國人很勤勞，自己工作時間長，喜歡以羨慕或嘲笑的口吻說起德國人工作時間短、假期長、愛喝啤酒等等。我們團裡的德國女同事似乎唯恐美國人消除成見，百般證實此點。車上船上，一有空就坐下

看書，她帶了一個特大行李，上車下車實在給大家添麻煩。不知箱子裡面裝的什麼，大約是書和酒。只見她平時手不釋卷，同時啤酒不離手。一次我們在外野營，我發現她長時間獨自仰觀星空，不知思考什麼。我憑空心中無限感慨。一百年前德國一度代替人類思考，出了黑格爾、馬克思、恩格斯等思想家，經濟文化都領先世界，如今似乎完成了歷史使命，漸漸停止領導世界思想，即便再振雄威，也要休息幾百年再說。我把此話跟她說了，她面露茫然，不知是不懂還是感慨。我自覺言重，趕緊以好言相慰，說是中國青島啤酒類似德國啤酒云云，於是大家又相安無事，一起仰觀南半球的星空。

難得浮生一月閒

這次學習旅行過去半年多，許多細節回憶起來仿佛昨日。如今每日糾纏在日常事務之中，難得開闊一番。近觀美國火星飛船寄回的照片，火星上紅色荒原景色和澳洲中部紅色沙漠很類似。於是不禁想到，地球暫時有幸有水有氧氣，將來生存環境有變化，如大氣層變稀薄或電離層有大變化，地球也會沒有水，成為無生命的星球，如火星一樣。此宇宙必然規律，並非故作悲觀之語。其實認識了宇宙的無限和生命的局限性和偶然性，正是樂觀主義的基礎。火星照片正是永恆的見證。我在澳洲得浮生一月之閒，在紅土藍天下窺見一絲永恆，也和遊了一趟火星一樣得了所謂大自在。正是：

> 前不見古人，後不見來者，
> 念天地之悠悠，獨愴然而淚下。
> 望紅土之蒼蒼，知生命之偶然，
> 念宇宙之茫茫，獨釋然而心閒。

文化銘

　　東土大唐本禮儀之邦，華夏神州原聖人之地。文人雅士最愛舞文
弄墨，平頭百姓皆知敬惜字紙。秦皇東掃，雄視如虎。楚人一炬，阿
房焦土。陶俑無言，悠悠千年。西風殘照，易水猶寒。

　　胡服騎射燕趙唱慷慨悲歌，函谷東開漢唐愛汗血葡萄。大江東去
浪淘盡千古風流人物，孔雀南飛風送來八方異寶奇珍。羅馬希臘千年
不朽竟取何策？強秦大唐萬代留芳但用誰人？大熔爐集天下人才，偉
丈夫聽世間良言。秦不逐客乃有天下，唐容天下方才得人。自由女神
舉手納四海人才，美利堅國門洞開迎八方風雨。船曰五月花滿載失路
之人，地名新大陸盡是他鄉之客。

　　君用才如積薪，後來居上，國求賢真似渴，豈分中外。海納百
川，有容乃大；山高萬仞，無基難剛。江河靜好，當日日創新；天地
清明，須時時爭先。建新樓未必拆老屋，譜新章亦可彈舊調。閉關鎖
國定然誤國，全盤西化未見高明。故曰，雙腿行路，良有以也，摸石
過河，先登彼岸。

　　此方小橋流水有端然喜氣，斯民簷前廊下見國土莊嚴。家常民俗
自有經天緯地天理，禮樂文章竟是治國安邦大事。披閱青史每扼腕長
嘯，歎馬屢失前蹄；展望未來常屏氣凝神，盼虎早添雙翼。莫莫莫，
莫要錯過資訊革命又成百年遺憾；切切切，切請珍惜先進文化再建萬
代輝煌。

　　倉頡造字天雨粟鬼夜哭。天雨粟者，眾人皆可食矣；鬼夜哭乎，
魍魎聞之懼焉。龍旗飄飄，天下華人唯文化馬首是瞻，風儀彬彬，舉

國民眾以身心健康為要。典章充棟，何陋之有？文化大國，舍我其
誰？斯文在茲，誰敢辱之？氣正體健，孰能輕之？故曰：先進文化為
民富國強根本，精神文明是心康體健基礎。

　　文成之時，皓月當空。胡天八月，悠悠朔風。萬湖之州，天地朦
朧。異鄉異客，目送飛鴻。壯士天涯，雙劍匣中鳴；書生報國，一諾
千金重。憑誰問，廉頗老矣，尚能飯否？幾時與君飛身縱馬挽雕弓，
何人共我吹笛裂石到天明。

　　老子曰，以正治國，以奇用兵，以無事取天下。以正治國，國其
強乎；以奇用兵，兵其壯焉；以無事取天下，天下則無事也。孟子羨
浩然之氣，莊周慕鵬翼高飛。願龍之國鳳之鄉，上上下下均為心靈高
尚浩然之士；望舜之都禹之邦，來來往往盡是體魄健美高飛之人。

貴州銘

　　提起貴州，人們有三言兩語。「天無三日晴，地無三尺平，人無三分銀。」此明清人之形容貴州之三言也；「夜郎自大」，此漢朝人之形容「西南夷」之一語也；「黔驢技窮」，此唐朝人形容貴州又一語也。此三言兩語似乎成了貴州的緊箍咒，妨礙貴州形象。2003 年 4 月，我在「非典」高潮中到貴州一遊，倒悟出一番道理：

　　人說此地天無三日晴，子曰智者愛水，此水只應天上有。霧濛濛，黃果樹瀑布從天而落；清冽冽，烏江河流水劈山而去。暮霞照水，花非花，竟是百里杜鵑；晨光迎霄，霧非霧，原有千條瀑布。舉世所缺水也，天賜此方，潤澤萬物，當額手稱慶。天下所畏旱也，朔北黃塵，肆虐千年，宜借重南方。嘗觀美國五大湖淡水滔天，臨淵羨魚歎蒼天不公，今看貴州千條河碧波覆地，退而結網知人當自勉。

　　人說此處地無三尺平，子曰仁者愛山，此山當為高人生。莽蒼蒼，梵淨超凡入聖；清悠悠，苗嶺笙歌婉轉。東土李太白稱「一生好入名山遊」，西洋羅伯特曰「我心只在高原。」此山此水方出此人。無怪乎龍場徹悟，知行合一高論如龍吟虎哮，天下皆驚。有道是遵義會議，旌旗北向方略似雷鳴閃電，舉國震撼。群峰朝天，到此應有淩雲壯志，會當登峰造極，檢點長松十萬；眾山欲東，離去當懷纏綿柔情，何日息影林泉，栽培短菊三千。

　　人說此方人無三分銀，子曰何陋之有？後發制人，留得綠水青山，不怕沒得柴燒；捷足先登，建成生態田園，敢稱環球楷模。不爭

一日長短，看世間急功近利抽身恨晚；心懷萬代輝煌，願黔人揚長避短早進小康。

太史公笑「夜郎自大」，豈不知事有相對地有專長。公只知北有強胡，縱馬如飛稱天之驕子；君不見南有壯士，駕舟似箭真水上健兒。廬山瀑布比黃果樹如何？竟是誰似銀河落九天？惜李太白未來此一遊。杜康酌比茅臺酒如何？當用何者會飲三百？歎曹子建無此良緣。夜郎精神不服超級大國，應垂青史，受萬代珍愛。夜郎君臣面對漢朝使臣，當建雕像，立貴陽街頭。國人何時發豪言敢問神舟飛船比阿波羅火箭如何？諸君哪天出壯語請教中關村比矽谷怎樣？大江東去，蕩蕩潮流順之者昌；飛龍在天，泱泱大國舍我其誰？

柳宗元嘲「黔驢技窮」，須知此驢非黔驢，此虎乃黔虎。驢技固窮，虎勇可嘉。「驢一鳴，虎大駭」，不瞭解情況豈可輕舉妄動。「稍近益狎」，步步為營，此虎實在活潑可愛，「蕩倚沖冒」，試探考察，此虎可謂智勇雙全。「驢怒而蹄之，虎喜而撲之」，知己知彼，自當果敢出擊。與其說「黔驢技窮」，不如說「黔虎智多」。君不見，跳澗躍涯猛虎豈平川之物，破浪穿雲蛟龍乃蒼天長虹。當今世界，正值多事，暢遊貴州，百感交集，故歌曰：

烏蒙高兮烏江清，山有虎兮水有龍。
苗女騎象先過水，夜郎鼓瑟鶯回程。
龍場夢醒月方淡，南花歌盡意正濃。
虎鄉一遊終難忘，我欲因之駕長風。

萬里歸來看天津

　　人們常說從遠方觀察事物更清晰，此即空間上的距離美，殊不知隔一段時間反復看一事物還能獲得時間上的間隔美。如果兩者結合，則往往有雙重發現。20 多年來，無論走向天涯海角，我隔一段時間就回故鄉天津，有些現象在久居家鄉的人們眼中或許司空見慣，可在來去匆匆的我看來卻有意義非凡的新體驗。

　　20 世紀 70 年代末，我在外地讀研究生，幾乎每週六薄暮時分返津，一到天津就有一種靜謐和諧的感覺。那時候在許多城市上公共汽車要衝刺爭搶，真是應了英文熟語「用肘開路」（elbow the way）。而在天津不論人多麼多，大家都規規矩矩排隊。老人孕婦提前上車，有時有事者走到隊前舉手說聲「有急事，您啦！」也就上去了。這在當時中國大城市中並不多見。有人說天津人太粗獷，殊不知燕趙多慷慨悲歌之士，天津人有著正直、幽默、豪爽的內在優點。

　　偉大總是以樸素的形式表現出來，于人于事於城市皆如此。這種樸素的特點在天津的城市建設上即有所體現。80 年代初，天津市容在國內尚得好評。但到 90 年代，天津新建的高樓大廈的確相對很少，城市似有簡陋破舊之譏。不過，一律用高樓大廈取代老建築，本是城市發展之忌。以日本兩座古都為例，東京現代化但市容單調失去了特色，而京都卻在很大程度上保持了古典美。天津街市可以說是世界近代建築博物館，有許多價值連城的建築之寶得以保存至今，實可慶賀。現代化和傳統可以並存互補，沒有二者爭地只取其一的關係。更何況，天津房屋的空置率低，百姓遷入新居者多。今年夏天我在天

津目睹搬家卡車滿載儉樸傢俱在自行車中擠來擠去，覺得真是美不勝收，每有此種車經過，我都想立正行禮。中國的住房革命將是本世紀地球上最壯闊的奇觀。樸素的天津正靜靜地快速前進，全國父老當為天津浮一大白。在我看來，天津少的是空空洞洞華燈初上的摩天大廈，多了些滿滿當當萬家燈火的百姓人家，子曰：「何陋之有？」

　　1999 年夏天，我在全國不少城市看到了精美簇新的自動售貨機，特別在天津街頭校園更多。有時幾台一字排開，十分引人注目。站在國產自動售貨機前，我真是百感交集。記得 90 年代初，我帶美國學生來天津南開大學學習。剛一下飛機，一個叫彼得的學生就左顧右盼。問他找什麼，他說「自動售貨機在哪裡？」全體學生哄堂大笑足有一兩分鐘。以後這個班一起在中國待了四個月，累積了不少笑話，大家聽得爛熟，就把笑話都編成號，講笑話的人只要說笑話編號不用講內容，大家就做出適當反應，從大笑到說沒意思都有。這自動售貨機的笑話是一號。只要有人說「一號笑話」大家總是視彼得而大笑。

　　這笑話在國人看來沒有什麼可笑，對美國學生則是百笑不厭。其原因是，從經濟國情上說，彼得犯了忘了自己是在中國的錯誤。美國學生一日不可無自動售貨機。不過，在他們看來，作為第三世界的中國是不可能有自動售貨機的。從語法上說，彼得的句子也是很可笑的。如果彼得用一般疑問句和不定冠詞：「這裡有自動售貨機嗎？」（Is there a vending machine here？）則只表示自己不知道隨便問問，也就罷了。可是他偏偏用特殊疑問句，又用了定冠詞：「自動售貨機在哪裡？」（Where is the vending machine？）所以他似乎肯定中國有自動售貨機，只是不知藏在什麼地方，所以顯得很傻。就好像饑渴的旅客在撒哈拉大沙漠的中央問「那個游泳池在哪兒？」此事雖小，笑話也不是惡意的，但於我則如李後主所說「別有一番滋味在心頭，」耿耿於懷多年。因為我發現，起碼在人們的下意識裡，自動售貨機成

了國家發達的標誌，天真學生的笑聲似乎宣告中國現代化的道路還很漫長。

　　物質文明固然要緊，精神文明更重要。人們對一個城市的評價根據市容市貌，更依據市民的精神風貌。十年來，我每年回國都看到天津比上一年繁榮，市民也比上一年文明禮貌一些，街頭巷尾來來往往的人們與從前相比既有所事事又寬鬆友好。記得以前天津街頭常常有人吵架，近年來好多了，服務員、售貨員都比以前客氣一些。在美國大城市裡，只有醉鬼才和生人開誠佈公地談話。天津人「自來熟」，有四海之內皆兄弟的慷慨與誠懇。以前物資匱乏凡事難辦，大家火氣都大。如今雖有困難，大家心平氣和得多了。一次在街頭買東西，與攤販閒聊幾句，他說自己是下崗工人，「咱能幹嗎呢，嘛也不會，先幹著吧，過兩年興許好了。」此語略嫌消極，用天津話說似乎常常聽到，平平淡淡，但如果換普通話或外語說出還真要點勇氣。或許這體現著天津人尊重技能、自我批評，和與國家同舟共濟的樂觀精神。我的美國學生常常告訴我天津是他們最喜歡的中國城市之一。原因多種多樣，有人喜歡天津的方便，有人喜歡天津街頭的小吃，更多的人喜歡天津人。

　　但是今夏我在天津看見一件事卻令我哭笑不得。一輛大發車司機和一輛夏利車司機狹路相逢互不相讓，對罵之後居然雙雙跳下車來動手打架以致鼻青臉腫頭破血流。突然，這兩個漢子各自後退半步，左手依然抓住對方的衣領，右手都伸向自己腰間掏去。我一看大事不好，掏傢伙了，心想大約不是手槍，因為手槍在中國不像在美國可以自由買賣。我經歷過「文化大革命」，所以又想，可能是三角刮刀。不料定睛一看，兩人掏出的東西完全一樣，竟都是瓦藍鋥亮的手機。只見兩人聚精會神各自用一隻手熟練撥號（另一隻手緊抓對方空不出來），好像做一件神聖的隱私一般互不相擾，各自口中念念有詞，說

的不外是哥們兒挨欺負了快來幫忙之類。此時此刻兩人神情嚴肅，姿勢一樣，一動不動，像凝固的雕像一般，他們的黑影印在夏利和大發車上，仿佛宣示著精神文明和物質文明的差距。手機本是世界最新高科技產品，中國的手機普及率可說世界前列，這是中國人可以引以為自豪的，大發和夏利都是天津生產的物美價廉的汽車，天津產的摩托羅把手機全國聞名，這又是天津人可以引以為自豪的。但這兩個人既不自豪也不自重，他們的精神文明水準大概仍然停留在「三不管文化」時代。據說舊時在天津三不管打架「越打越近」（由互罵而動手），在北京天橋打架「越打越遠」（邊罵邊後退）。不過三不管「抄傢伙」不過是擀麵杖、門閂之類。越戰時美軍叫援兵的步話機還沉甸甸背在背上，這兩位司機叫援兵的手機小巧玲瓏，屬 90 年代後期超小型。看來他們的精神文明水準比物質文明水準落後了半個多世紀。

當然一點小插曲改變不了我對故鄉的美好印象。值得一提的是，一會兒以後，一輛掛著「聯合執法」標記的汽車就趕來了，兩人松了手，沒有變成永遠的雕像，車上的黑影也飄然而去。然而我想，天下興亡匹夫有責，國家形象人人有份兒。每個人、每個城市、每個國家都有尊嚴，大家切切不可小瞧自己。此地何地？此乃東土大唐福地、詩書禮樂之鄉。二百多年前法國百科全書派思想家伏爾泰還把中國列在《哲學詞典》的「光榮」條目下，稱讚中國是「舉世最優美、最古老、最廣大、人口最多和治理最好的國家。」各位何人？本是李白、杜甫後代，自稱龍的傳人者也。所以罵一句，全世界都有回聲，打一拳，九天十八界都起震動。咱們窮就窮得有志氣，富就富得響亮，小康就要小康得從容。開汽車打手機固然顯「闊」，有文化、重學習、尚禮儀才是真「富」。所以子貢問孔子：「貧而無諂，富而無驕，何如？」孔子回答：「可也，未若富而好禮者也。」「富而好禮」之中國的航船桅頂就要出現在地平線上了，海內外一切華人華裔盼它盼了一

百多年，每個人都應為它的早日到來盡最大努力。

　　天津人傑地靈，古代幽燕之地有質樸豪邁的大度，近代率先開埠通商領風氣之先又帶來了繁華。我每天閱讀西方有關中國的報導，又經常從網際網路讀國內特別是天津的報刊，發現中國包括天津，在世界上的形象在曲折前行中越來越高大，世界名城天津的未來不可限量。天津人愛天津，就要大家愛護天津的形象。中國人愛中國，就要人人保護漢唐禮儀之邦的傳統。物質發展固然重要，精神文明更不可缺。歷史正是這樣不斷教訓我們的。有了這兩個文明，世界華人到天涯海角都挺著胸脯走路。

書齋雙劍匣中鳴

從「非典」看道家傳統

　　非典型性肺炎氾濫全球，中國大陸、香港、臺灣、新加坡等華人居住各地區深受波及。各地抗疫鬥爭，艱苦卓絕，可歌可泣，但生命財產損失巨大，也暴露出許多問題。此時世界華人應痛定思痛，冷靜下來，從各個方面探討其根源。本文擬從中國文化傳統繼承方面進行討論。

　　中國文化傳統豐富多彩，其中儒家和道家是影響最大、最持久的兩個流派。近年來我們只強調儒家傳統，忽視了中華傳統的許多側面，特別是忽視了道家傳統，以為儒家積極進取，故為時代所需要，似乎道家清靜無為，過於消極，不利於現代化。「非典」流行提醒我們注意被忽視的那另一半中國傳統。

　　幾千年來，儒家和道家既對立爭辯又相輔相成，如車之兩輪、鳥之兩翼，使中華民族生生不息，繁衍進步。自東漢以來，儒家常據主導地位，但道家思想總是不斷補充、調解、修正儒家文化，保證中華民族健康發展。舊劇中常有這樣的情節：一個好漢路上遇到攔路強盜，強盜持刀上前，口中念念有詞：「此路是我開，此樹是我栽，要從此路過，留下買路財。」好漢拉開架式，準備迎敵，口中也道：「我倒是想留下買路財，可是我有兩個朋友不答應。」強盜厲聲問道：「哪兩個朋友敢不答應？」好漢舉起一個拳頭說：「這是一個朋友，」又舉起一個拳頭說：「還有這個朋友。」於是兩人開打，終於以好漢兩個拳頭戰勝告終。

　　我們中國傳統寶庫中也有兩個老朋友，一個是孔子，一個是老

子。近年來，孔子出力不少，可是單拳奮戰太累了，老子該出來助現代化一臂之力。先進文化在廣泛吸取世界先進思想的同時，應科學地、全面地、批判性地繼承文化遺產中的精華，在兩個老朋友的幫助下，打退自然和社會中的攔路強盜。

儒家重視人在現實世界中的各種積累，無論知識、道德、財富、榮譽等皆多多益善，積極建設維持社會與家族關係網，追求團隊和個人在社會中的自我實現，以「格物、致知、正心、誠意、修身、齊家、治國、平天下」為己任。這些古老的理想是中國的傳家寶，在現代仍有積極意義。這種思想和市場經濟相遇，可以發揮巨大潛能，如東亞深受儒家思想影響，其經濟騰飛與儒家精神的發揚光大關係極大。今後儒家思想仍會幫助華人世界締造新的輝煌。但正如一切偉大傳統，儒家思想也連帶產生某些局限性。與道家相比，儒家忽視人和自然的協調，漠視科學技術和實驗，輕視個人養身養心，過於重視人際關係，一味追求成功，奉獻要求名譽等回報，對禍福榮辱看得過重，等等。

儒家不是中國唯一的文化傳統，孔子也不是中華文化的唯一代表。幾千年來，中國的個人或國家，在自然或社會重大變動之後總是發現道家思想的強大生命力，總能在廣闊和諧的大自然裡得到修整，在縹緲高逸的思考裡汲取力量。所以魯迅認為「中國的根柢全在道教。」（《致許壽裳書》，1918 年 8 月 20 日）

道家尊重自然，重視保護環境

道家的「無為」含有多方面內容，在處理人和自然關係方面可以說是主張尊重自然、遵循規律、保護環境。老子的「人法地，地法天，天法道，道法自然」即指出人應遵循自然規律和順應自然環境，

不強自然所難，否則會得到自然的報應。

東漢章帝在位時，河南蝗蟲成災，蝗蟲卻單單不入中牟縣境。河南尹袁安聽說後，立即派一名官員到中牟縣查訪。該官員在縣令魯恭的陪同下來到田間，放眼望去，莊稼長勢都很好，蝗蟲果然繞過中牟縣。官員百思不解，於是與魯恭坐在一棵桑樹下休息，看到一隻野雞落在一個小童身邊，小童居然不去捉它。官員好奇地問小童為什麼不捉，小童回答，這野雞要產卵孵化小雞，很可憐。官員回去後向河南尹彙報說，中牟縣與其他地方不同，童子都有仁心，德及禽獸，所以蝗蟲不入境。

東漢獨尊儒術，所以這個官員用儒家仁義道德觀解釋保護野生動物與天災的關係，但我們從故事中也可以看出道家清靜無為，與自然協調共生的思想。近年來，在沙塵暴及水源枯竭等面前，我們已經漸漸認識到人與植物的關係至關重要，知道破壞植物會影響人類的生存，開始承認濫砍、濫伐、濫耕、濫牧，會破壞生態平衡。其實我們也應認識到人與動物的關係也同樣重要，濫食野生動物以至吃人類的寵物貓狗之類，是對自然的不敬和人類的好朋友的不仁，更可能造成傳染病流行，受到自然的嚴懲。故事中的小童「德及禽獸」，不捕捉野雞，保護了環境，也保護了本縣乃至本人，所以受到自然的嘉獎。自然一向並將繼續嚴懲它的破壞者。

道家以健康長壽為己任

在中國三大傳統教派中，儒家致力分析和解決社會問題，佛家力圖超脫現世，只有道家將生命科學提到中心位置。孔子「罕言天道」，主張「吾命在天」，對生老病死取聽之任之的超然態度。佛指導弟子「不可得為世間意」，而應該專心慈航彼岸、善修來世。老子則

說：「聖人不病，以其病病，夫唯病病，是以不病。」認為聖人不生病，是因為瞭解病源，認真對待疾病的結果。提高生命品質，延長生命期限，是道家關心的首要問題。道家的活動主要圍繞生命這一中心，千方百計鑽研養身之道，乃至提出「長生不老」這一人類悲壯願望。所以陳寅恪說「道家與醫家自古不分。」道家在主張無為的同時，為健全生命卻無所不為，在疾病與死亡面前，表現出不屈不撓的態度。

《抱樸子》首先提出「我命在我不在天，還丹成金億萬年。」這裡健康長壽依賴靈丹，看起來是迷信，但「我命在我不在天」卻表達了人類通過某種手段戰勝死亡的壯志。其目標縱然渺茫，其過程卻很輝煌，一路播下燦爛的科學種子。須知古人的科學，我們現在看起來是神話，而現代人的科學，將來看來也同樣是神話。譬如煉丹尋仙長生不老在古人看來是科學合理的，但現在看來不過是神話。我們今天的科學，將來也會暴露出局限性，被認為是錯誤的。我們現在公認的生命極限，將來可能有一天被稱為神話。科學和神話是密不可分的，近年的克隆技術正是古代神話敲響了未來科學的大門。李約瑟認為「道家思想乃是中國科學和技術的根本。」[1]中國煉丹術是世界化學和製藥學的前身，化學一詞就是來自煉丹術。火藥是煉丹術過程中的產物，指南針最早是為了跨海尋求仙丹妙藥。除化學和製藥學外，道家孜孜以求內功，其中氣功、太極拳等健身運動至今仍然充滿生命力。道家講養身，儒家講爭光。道家主張的鍛煉身體，目的是養身而不是爭光。2008 年奧運會耗資巨大，其中大部分應為了全民持續健康，而不只是為了排場大小和金牌多少。一個健康之國才是最光榮的。所以老子問道：「名與身孰親？」「非典」提醒我們切不可再受虛名之害。

---

1 李約瑟：《中國科學技術史》卷2，北京：科學出版社，1990，145.

　　儒家是喜聚不喜散的，志在朝廷、廟堂、鄉里、家庭和學府，在人群之中發現成功、責任和享受。道家喜散不喜聚，講采菊東籬，息影林泉，與天地宇宙獨往來，在沉靜和諧中積蓄力量。其實兩者相輔相成，並不矛盾，人是集體動物，工作、休息、思想都要互相幫助，但人又是獨立個體，在獨處中可以得到靈感與健康。此番「非典」流行，不少人待在家裡當了一段隱士，很多人視為苦事，恐怕也有不少人發現讀讀書報，聽聽音樂，散散步，上上網，靜思默想不只可以預防傳染病，對自己身體、修養、家庭甚至工作都有好處，不一定非聚眾打牌、聊天吃飯、飲酒吸煙才能休息。所以聚與散、動與靜、勞與逸的對立統一，促進身心和社會的健康。

道家重視精神文明，不主張一味追求物質利益

　　健康是精神文明的基礎，所以希臘羅馬人說「健康的思想寓於健康的身體。」「健康比財富更重要」這句用世界各種語言說出的老生常談，大家在「非典」氾濫前都同意，但恐怕只有在「非典」氾濫後才有切身體會。其實這種體會，我們歷盡滄桑的先人早有探討。老子問道：「名與身孰親？身與貨孰多？得與亡孰病？」向世人提出健康與名譽、身體與商品、得與失之間何者更重要的問題，試圖沖決患得患失名利纏身的羅網。

　　中國文學深受這種思想影響。《紅樓夢・好了歌》中「古今將相在何方？荒塚一堆草沒了」就是老子「名與身孰親」的注解，「終朝只恨聚無多，及到多時閉眼了」是回答了「身與貨孰多」的問題。道家不但愛護自然，更能欣賞自然，尋求自然的保護。李白「五嶽尋仙不辭遠，一生好入名山遊」尋找的是精神的健康與寄託。陶淵明的桃花源，不能簡單斥為逃避現實，其實是對名利浮華的批判。道家追求

自然的生活、恬靜的心態、無私的境界、寡欲的作風、簡樸的追求，這種心情本身就是幸福，更何況它能帶來健康長壽甚至繁榮。幾千年來道家和儒家相輔相成，造就中國士文化中激流勇進與急流勇退的雙重性格。就連續性來說，中國文明是世界上歷史最長的，這是與中國文化中這種儒家和道家的雙重性分不開的。

近年來，大家爭先致富，炫耀性消費盛行，多有以身試法、捨命取財者。加上在原始積累初期，財富時常掌握在教育水準較低的人手中，消費失去文化依託，辛苦聚集起的財富常常以低文化層次或不健康的形式消費掉。我們中國人窮得太久，希望急起直追，這無可厚非，但財富是手段，健康幸福才是目的。須知沒有精神文明的支持，物質財富既無品質又不安全。沒有精神文明為基礎的物質文明是建在流沙上的高塔，會在社會和自然突變前蕩然無存。

道家主張禍福從容，處變不驚

人在世間十分軟弱。草木無情，尚且凋落，何況多情之人，無災無難倒是怪事。老子說「飄風不終朝，驟雨不終日。孰為此者？天地。天地尚不能久，而況於人乎？」南北朝詩人庾信的《枯樹賦》：「昔年種柳，依依漢南。今看搖落，悽愴江潭。樹猶如此，人何以堪！」都是認識到人在自然中的軟弱，從而對災變生死做好準備。

老子曰：「以正治國，以奇用兵，以無事取天下。」在當代中國，「正」可以說是包括改革開放在內的國家戰略，「奇」是執行策略方法的靈活機智，「無事」是穩定與寬容。

儒家主張善養浩然之氣，慷慨以天下為己任，但趨福避禍，重現實，重生死，寵辱若驚，往往把災難與死亡看作絕對和不正常的現象。孔子講「殺身成仁」，孟子講「捨生取義」，雖然視死如歸，但都

認為生與死、禍與福是對立而不能轉化的。道家認為災難、死亡都在所難免，把災變與死亡視為正常與必然之事，並從禍與死的黑洞中看到福與生的曙光。老子知道禍與福的對立統一關係，指出「禍兮福之所倚，福兮禍之所伏。」莊子蔑視死亡，妻子死去，「鼓盆而歌」，慶祝她成就人生回歸自然。所以認識了災難和死亡的必然性和正反之間轉化的可能性，我們就會有所寄託，心胸寬大，進退自如，不會在突發事件前驚慌失措，怨天尤人。有了這種思想準備，我們就能無私無畏，既能共富貴也能共患難，在全球化的狂風暴雨中，應對從容，如入無人之境。

國人對「9‧11」、巴以衝突、國際恐怖主義、阿富汗和伊拉克戰爭等等都是隔岸觀火，從容評點。但「非典」如同飛來橫禍，大家平時沒有憂患意識，難免一時失措。但我們幾個月就成熟起來，上了全球化的一堂課。這次「非典」流行，在一定意義上說是全球化所賜：飛機把病毒傳向世界，全球媒體又推波助瀾，影響經濟。但是，反過來全球聯合奮鬥，抑制瘟疫的蔓延，又形成彼此之間的監督與制約。這災禍給我們改變生活方式的機會，處理得好，禍福轉化會形成良性迴圈。中國歷史上多災多難，但每次災難後都重新站起來。所以我們相信，「非典」後的中國將更有信心、更負責任，中國人將更健康、更有尊嚴。

道家思想的世界性

沒有一個文化是屬於一個地理位置的，文化是流動的。一個地方的人創造了一種文化以後，這個文化就屬於全世界了。道家文化也是如此。它能幫助世界各國人民回答許多現實問題，比如發展生產與保護環境的關係，追求事業與身心健康的關係，如何面對痛苦與幸福、

生命與死亡、失敗與成功等等。所以，道家受到全世界人民的珍視。近年來，在我們輕視道家的同時，它在國外受到極大歡迎。一本《道德經》，譯了又譯，注了又注，世界上版本之多僅次於《聖經》。有關道家的書籍，在西方書店多如牛毛。人們發現，道家思想不只是人生哲學，它還能指導經濟、軍事、科學、政治，乃至股票市場。西方大學裡有關道家的課程，非常之多，學生爭相選修。我本人在美國卡爾頓大學開設了一門課程「道家健康與長壽之道」，選者很多，報名常常超額，要設候補名單排隊等候。課堂上我們與老子一起騎青牛出函谷關，與莊子一起壕上觀魚，與列子一起禦風而行，大家相約健康長生，二百年後再會大荒山下青埂峰旁。師生相得，其樂融融，文化與年齡的差異在中華文化巨人面前蕩然無存。我發現很多美國學生雖然讀的是英譯本，但對道家思想接受起來很透徹，舉例說明老子的觀點很貼切，自編小寓言話劇竟然有和莊子暗合者，大約是在資本主義壓力下的領悟吧。可惜老莊沒看見這些洋弟子。難怪孔子都要乘木筏到海外夷蠻之地教書，說：「道不行，乘桴浮於海。」

但是，我們也要指出，道家和道教是不同的。道家一般指老子、莊子等人創立的學說，屬哲學、文學、文化範疇。上文所說在美國大學流行的道家是指作為哲學和文學的道家。道教則指借黃帝老子之名發展起來的中國土生土長的宗教集合體，如東漢的五斗米道、東晉的上清派、金代的全真教等等。道家、道教兩者都有積極性和消極性，如道家在表現出對物欲橫流世界的制衡、對自然和協調的憧憬的同時，對進步、榮譽、社會和知識持懷疑態度。因為「傷心人別有懷抱」，所以憤世嫉俗、語多過激。唯恐喚不醒世界人名利夢，乃至提出「絕聖棄智、絕仁棄義、絕巧棄智」等語。所以我們應該指出，這種語言屬於哲學文學境界，旨在調整定位方向，而不應看作具體的行動綱領。

　　道教則在發展過程中包容了不少封建迷信色彩，摻雜一些神秘主義。歷史上常常有人借道教之名行非道教之實。但道教追求和諧超越、健身養心，理論龐博浩渺，不愧對世界任何主流宗教，我們不必一談宗教就自愧不如人。本文的道家泛指道家和道教兩者中的積極成分。在這個意義上，道家是中華民族的精神支柱之一，是和儒家並行不悖的中國人觀察解釋世界的傳統角度之一，是中國人歷盡千難萬險後構築的精神長城。如果在「非典」氾濫前我們對此還有懷疑的話，在戰勝此次瘟疫並準備迎戰新的考驗的現在，我們決不應自輕自賤自毀長城。

　　近來，世界上頗有些人以為「非典」意味著「中國崛起的結束」。殊不知既面向未來又繼承傳統的中國是任何人也阻擋不住的。中國的故事沒有完，中國的故事剛剛開頭。中國航船沒有沉沒，它的桅頂剛剛露出海平面，一段頂風之後，它將懸起現代與傳統、本土與外來的各種桅帆，乘長風破萬里浪，駛入風景絕妙的新海洋。

莫讓長假催老了秋容

假期本應從容寬鬆，秋季的假期更當如此。溽暑已過寒冬未到，勞作一年之後顆粒歸倉，仰觀則碧空如洗，環顧則秋實遍野，內省則此心澄澈坦然。時間變化帶來空間的變化，如果說灼人的盛夏是狹窄的，那麼高爽的金秋就是博大的。秋的金光掃過之處，一切都寬大了。空間寬了，人心也寬了。深秋時節，天上分明飄著無垠，地上依稀橫著廣袤。就是人與人之間，經過一夏天的熱絡，也浮動著難得的寬鬆。今年秋季國慶中秋聯假空前之長，本該夏去秋來風景異，難得浮生八日閑。不成想中國從南到北又是一番全球奇觀，你看數億龍的傳人不知收到何方急急如敕令，突然惶惶然不可終日，滿臉焦灼地南來北往，似乎前有堵截後有追兵，把個神州大地擠得無立錐之地。這學期我從美國帶來 25 個學生在華遊學，黃金假期本想分組暢遊中國，時至今日，竟然沒有一個人買到火車票，只好遙望火車站前長長的隊伍，感受文化差異的撞擊。

眼前有景道不得，志摩題詩在上頭：「豔色的田野，豔色的秋景，夢境似的分明，模糊，消隱，──催催催！是車輪還是光陰？催老了秋容，催老了人生！」（徐志摩《滬杭車中》）此詩倒真應了今年秋運之景。你若問秋運大軍何事乃至於此，是遊子歸鄉還是進京趕考？匆匆過客中必有一位仁兄疊起兩指，道出兩字曰「度假」。此兩字本是熟語實情，卻又生疏得讓人感受如同霹靂弦驚，因為度假兩字和「催老了秋容」的此情此景形成莫大諷刺與反差。中國古人度假講究個逍遙，或約上酒朋詩侶泛舟蘭溪，再不濟在家高臥，來個草堂秋

睡足，沒准還能趕上個窗外日遲遲。外國人度假也尋個自在，美國國慶 7 月 4 日只有一天假，如靠近週末則連休三天。這三天有人垂釣、有人野餐、有人睡覺，有的城鎮有民間遊行，絕無中國「催老了人生」的奔走。至於年假，美國人比歐洲人少，根據單位不同或工作年限不同，一般一年有兩到五周假期，放假時間自己和單位協商，沒有一個全國大旅遊的共同假期。

中國陷入冬運與秋運交通大阻塞原因有二。第一自然是國家規定國慶和春節全國一律放長假。據說這會拉動消費。其實細水長流，把消費平分到一年照樣拉動消費，遊客得了從容，也免得旅館大漲房價。二是中國文化中的從眾心裡：縱觀華夏大地，買車則全國買車；買房則全國買房；小升初則家家有子考奧數；你秋天旅遊我就不能在家看書；你春節探親我換個時間就是不孝。中國社會的焦慮擁擠來自「千軍萬馬過獨木橋」，只見橋窄人多你推我搡，既少有人敢於游泳過河，也少有人願意在河邊徜徉。老子說：「眾人熙熙，如享太牢，如春登臺。我獨泊兮，其未兆。」說的是名利道上眾人熙熙攘攘擠成一團，如同去參加盛大的宴席，如同春天裡登高台望遠，而我卻獨自淡泊寧靜（老子稱之為「獨泊」）。如此看來，國人自古隨大流的多，特立獨行的少。時至今日，如果國家鼓勵多樣化的行為方式，社會接受「獨泊」之人，人們自己的空間就會多些，別人的壓力會也小些，秋日出行也不至於催老了秋容，催老了人生。

小平謝謝

——恢復高考和研究生入學考試的回憶與思考

1997 年鄧小平逝世時，我已經在美國大學當教授和系主任。他逝世後第二天上午上課前，我提議全體學生起立默哀，向這位東方偉人致敬。我的學生下課後問我，你認識他嗎？我說不認識，但是這個人改變了中國命運，也奠定了我人生的道路。那天下午我把登有鄧小平逝世的消息和他照片的報紙貼在辦公室牆上，一掛就掛了多年。在異國他鄉，他從牆上凝視著我一步步走過事業的路程。他凝視的眼神裡有改革家的正氣，軍人的勇敢，老農的寬厚幽默。

他的眼神用老子的話來說就是：以正治國，以奇用兵，以無事取天下。「正」就是改革開放的原則，也是正氣和公正。「奇」是敢為天下先，也是魄力和勇敢。「無事」是讓人民休息養生，也是寬厚和開放。

每當我抬頭看見這位老人眼睛的時候，總是想起 1978 年研究生入學考試。恢復高考改變了當時和後來直至今天千千萬萬學生的命運，它提供一個公平競爭的平臺，開啟了書生報國的大門，所以占了個「正」字。1978 年全國研究生入學考試其實不是恢復，而是首創，因為即便在「文化大革命」之前，中國只有個別學校個別導師招收研究生，首創全國研究生入學考試，是中國教育步入絕境後的一步險棋，所以占了個「奇」字。而這次考試，不問出身，不問年齡關係，走出階級鬥爭為綱的深谷，步入寬厚從容的新天地，所以又占了「無事」二字。

　　人類的文明史就是教育和災難的競賽，在中國歷史上尤其如此。
每次國家災難都是從教育開始，每次崛起也是從教育開始。「文化大
革命」就開始於教育的破壞，終止于教育的復興。「文化大革命」
中，災難戰勝了教育，恢復高考則吹響了教育戰勝災難的號角。但願
中國的教育永遠把災難甩在後面，但願中國和平崛起，中國以正治
國，以奇用兵，以無事取天下。

　　我至今還保留著當時的日記，從報名考試到收到入學通知書，都
有詳細記載。記得當時在考場，監考老師滿身莊嚴肅穆，好像在做神
聖的大事。考生有 20 多歲「文革」前的初中畢業生，他們跳過初中
高中，直搗最高學術殿堂，一副少年得志的表情；也有 40 多歲「文
革」前的老大學生，一臉悲喜交集的樣子，悲的是，書生老去，機會
方來；喜的是，現在終於有機會一顯身手。這裡每個人都有一段不同
的人生故事，但都有一個共同信念，就是在「讀書無用論」氾濫的十
年裡，都相信知識的力量。所以大家在考場見面，相視一笑，妙在不
言中。雖然大家在競爭，但好像要說機會難得，請好自為之，因為機
會的大門已經被鄧小平打開了。現在有些青年以為一切都是理所當
然，不知道機會大門關閉時的痛苦，不知道打開大門者的勇氣和智
慧，所以我們重新回憶這段歷史是非常有意義的。

　　從那時候開始，一批一批的學生通過這扇大門，走向大學和研究
生院的神聖殿堂，與世界同齡人一爭短長。沒有鄧小平恢復高考，中
國會減少幾千萬大學生，幾百萬研究生；世界經濟、教育、文化領域
裡都會少幾十萬人才；中國的 GDP 增長不會領先世界；中國的太空
船不會上天；漢語不會成為國外大學生學習人數增長最快的語言，而
全世界的經濟、文化、教育都會大倒退。

　　鄧小平的改革開放政策使我有機會通過鄧小平打開的大門上研究
生，出國上學、任教。開放的大門是雙向的，現在我又通過這扇大門

把大批美國學生帶到中國，讓他們體會中華文明。我們大家緊緊盯住這雙向大門，不允許有人把它關小或者關死。

　　1984 年 10 月 1 日，鄧小平 80 歲，中國學生在天安門亮出一條橫幅：「小平您好。」20 年後的 2004 年，鄧小平一百歲誕辰，我們已經通過和正要通過鄧小平開啟的大門的人，還應該亮出一條橫幅：「小平謝謝。」

中美西部比較

　　我久居美國中西部，最近每年去中國西部，一直想對中美西部風貌與發展進行比較。中國和美國的西部，有著令人難以置信的相似，又有著引人深思的差異。兩國的西部都有廣袤的地域，壯麗的河山，粗獷的民俗，稀薄的人口，豐盛的資源和燦爛的未來。兩國西部自然與人文風貌同樣引人入勝，同樣令人心曠神怡，但兩國的西部過去走過不同的道路，現在又展現著不同的風貌，未來面對似曾相識而又迥然不同的挑戰。中國的歷史比美國長得多，但中國現代意義上的西部開發卻比美國晚了一個半世紀。現在中國西部開發高潮已經到來，其間涉及社會、人文和自然科學的問題層層疊疊眾說紛紜，頗需要參考國外經驗。從美國西部的發展中，我們可以得到許多教訓與啟示。

揭示世界故國的西部現象之謎

　　引人深思的是，世界上有西部現象的不止中美兩國。阿根廷、巴西、澳大利亞等國都有經濟發達人口稠密的東部與經濟欠發達地廣人稀的西部，甚至彈丸之地愛爾蘭都有自己的西部荒原。我以為這地理和經濟與環境的巧合並非偶然，而是由地球海洋陸地的結構和世界經濟史決定的。商業和貿易航海高潮起源於葡萄牙、西班牙、荷蘭等國，而英國的工業革命更通過航海使其成為世界發達地區的輻射中心。亞當・斯密認為各種產業的分工和改良都自然地開始於沿海、河口地帶，並慢慢推及內地。打開世界航海圖，中國只有東部靠海，美

國東海岸接近英國，從英國到中國和美國的航線都是抵達這兩國的東
部（美國西海岸通航是工業革命很久以後的事），故我國五口通商。
廣州、上海、天津的興起，北美十三州的工商發展，紐約、波士頓的
繁華，都是與工業革命海路傳播便利程度成正比。南美、澳洲情形也
大體如此，愛爾蘭也是東臨英國，也是東部發達西部落後，形成小範
圍內的東西對立。當然各國海岸線不都在東部，因而落後地區也不盡
都在西部。印度兩面環海，內陸的東北部比較落後，也和工業革命海
路輻射有關。

　　來自工業革命成果的輻射也可以較慢的速度較近距離從陸路傳
播，形成一個國家落後與先進地區的對照，如俄國西部發達東部落
後，因其西部陸路靠近工業革命中心，比遠東口岸方便得多。所以在
一定意義上，世界西部現象是海洋與內陸對立的結果，工業與自然撞
擊的產物。世界西部現象色彩繽紛，給我們以無窮無盡的比較內容。
然而縱觀世界，中美西部的比較，從地理、人文、經濟、文化等看，
都是其中最引人入勝的，也是最有意義的。

西部荒原的呼喚

　　在美國中西部一望無際的大草原，人們會不禁想起「天蒼蒼，野
茫茫，風吹草低見牛羊」的中國西部風光。中國青海湖的夕陽晚照，
分明用得上美國詩人朗費羅描寫美國金色夕照的詩句「波浪平似明
鏡，水天金光一片，對岸隱約處，雲影飄飄成一線。」

　　在物欲橫流的今天，西部的荒涼，裝得下多少失意，化解得了多
少貪婪，激揚得起多少豪情，實現得了多少夢幻。

　　我有幸幾次駕車從美國南達科他州駛過，遙望窗外荒涼的「荒原
國家公園」，也曾幾次乘火車通過中國陝西黃土高原，每回都有一種

似有似無的悲壯、慷慨、淒涼的呼喚從天際傳來，這聲音是警告？是拒絕？是邀請？是解脫？是誘惑？那就見仁見智因人而異了。對我而言，那聲音是對人生的寬容，是對社會的重新定義，是對哲理的大激揚。

西部山川的奇絕

我以為人生之幸有三：睹天下奇觀，讀天下奇書，遇天下奇才。我迄今所見天下奇觀有四處：美國的黃石公園和大峽谷、中國的九寨溝和張家界。不知何故，天下奇觀盡在中美兩國西部，此為奇中之奇。在我看來，美國黃石公園和中國九寨溝是水奇，美國大峽谷和中國張家界是地奇。水奇地奇都奇在其直上直下：黃石公園水向上飛，噴泉岩漿飛流直上八千尺；九寨溝水向下流，瀑布溪流大珠小珠落玉盤。大峽谷地向下陷，地裂如外星景色；張家界地朝上湧，直立山峰似鬼斧神工。

西部小城的故事

我至今在美國中西部明尼蘇達州生活了十多年。明尼蘇達素稱萬湖之州，當代美國作家兼說唱藝術家加里森‧基勒每週在全國電臺自編、自講、自唱明尼蘇達湖畔小城的故事，全美國聽眾如醉如癡。我居住的諾斯菲爾德是一座位于明尼蘇達坎農河畔的幽靜大學城，人口只有一萬多，居民刻意保持開發西部時的風貌和自己的歷史。一百多年以前，美國歷史上著名的草原大盜傑西‧詹姆士率領他的馬上匪幫來到這座小城，搶劫當地銀行。一位銀行職員拒絕合作，被當場打死。本城居民聞訊趕來，與匪徒在街頭槍戰，雙方各有傷亡，最後匪

徒馳馬逃走。每年九月初，諾斯菲爾德都慶祝「戰勝傑西‧詹姆士紀念日」。在三四天的時間裡，居民穿上 19 世紀的服裝，在街頭化裝表演搶劫過程及街頭槍戰，一時硝煙滾滾，戰馬嘶鳴。表演之後舉行盛大遊行，遠近居民扶老攜幼來此地過節、趕集、吃小吃。

中國城市列入聯合國教科文組織世界文化遺址的只有兩座，恰恰都是西部的小城：山西的平遙和雲南的麗江。其間故事多多，當與諾斯菲爾德市相映成趣。

西部校園的情懷

我在美國中西部明尼蘇達州卡爾頓大學任教，此校師生教學頗認真，校園有森林、湖泊、雪域及歐洲式的建築。我又有幸當了西藏大學客座教授，高原風光、雪域情懷竟與美國西部有相應之處。所以我時常從西部的角度考慮教育的意義、人才的價值、通才與專才的關係、綜合教育與專業教育的異同、教育的全球化、美國人才的東西部之分佈流動、中國人才孔雀東南飛問題、資訊時代給西部教育帶來的機會與挑戰等。

西部河流的歌聲

中國的長江和黃河都從西部發源，美國密西西比河在一定程度上可以說劃分美國東西部。若在「老人河」和「一條大河」歌聲中沿密西西比河和長江順流而下，兩岸風光盡收眼底。只見長河落日煙雨朦朧，客舟聽雨漁樵唱晚，忽而天接雲濤名城在望，忽而酒簾高掛秦女當壚。扣舷長嘯不知今夕竟是何夕，引吭高歌錯把他鄉當了故鄉。馬克‧吐溫的木排、沈從文的小舟可否載動西部人深沉多樣的情懷？

西部自然的保護

　　傳統和現代化可以並存，自然和發展可以兼顧。在擂起向西部進軍的戰鼓之時，請吹響保護環境的號角。水、森林、空氣、草原、土壤是西部最寶貴的生態財富和旅遊資源。我們從祖先手裡接過壯麗莊嚴的西部，在交給下一代時只能更壯麗清潔。

　　美國在發展西部之初，濫伐林木、射殺野牛、破壞草場，犯了許多毀壞環境的錯誤，近年開始有所糾正，採取不少保護環境的措施，效果也頗顯著。但如何保護環境在美國爭論不休，以保護環境為號召的綠黨一度竟然有成為第三黨的趨勢。

　　中國開發西部面臨保護環境的重任。沙漠化問題、水的缺乏、空氣的污染等可從美國得到不少教訓和啟發。美國中西部 19 世紀 30 年代曾經有過嚴重的沙漠化，一時天昏地暗，平地積沙數尺，稱「沙碗」。如今美國西部沃野千里，絕無風沙。面臨沙漠化的我國「三北」，似可于其中學一二招。

　　在西部開發中，1785 年美國國會通過的《土地法》中就為發展市鎮教育單獨保留了土地，1862 年的《摩利爾法》又為西部發展高等農業和實業教育撥出了專門的公地，1887 年又通過了資助農業實驗站的《海奇法案》。針對西部初期開發中出現的森林過度砍伐、水土大量流失、礦山盲目開採的情況，希歐多爾‧羅斯福總統還于 20 世紀初在世界上首次提出自然資源保護，並為之專門成立了「自然資源保護局」，制定了一系列相關政策。這使西部大開發，隨著時間的推移，由無序變為有序，由盲目攫取變成取養結合。所以美國中西部南達科他州「總統山」雕像有華盛頓、傑弗遜、林肯、希歐多爾‧羅斯福四人。前三位都是美國民族之父一類人物，總統中老羅斯福名望遠遠不

夠，何以並列其中？我以為建立自然保護區與建國之功可以並列，此公不必有愧色。

我們應該注意，靈活的土地發展使用政策有助於自然環境的保護。美國為了鼓勵更多的東部人向西部遷移，19 世紀制定了靈活多樣的土地開發優惠法律《鼓勵西部植樹法》、《沙漠土地法》等，這些法律推動了西部開發。根據這些法律，只要在西部地區植樹、種草、灌溉溝渠達到一定面積，就可低價購買或免費擁有一定面積的土地。我國情況不同，土地為國有，類似美國中西部的肥沃土地較少，但可以考慮將一定比例的荒地以低價、無償或投入資金的方式，承包、分租或批租給單位和個人。因為自然資源保護性質的承包與生產性質的承包投入產出意義不同，承包人可能幾年幾十年不見商業效益，國家可以給予贈款、貸款、補貼、貼息等保障。承包人擁有充分的土地使用、轉讓和經營管理權。因為進口糧食價格低廉，我國西部土薄，開發土地使之立刻成為糧食基地不容易，宜鼓勵人們以植樹種草、治理土地為業。

西部歷史的啟示

當唐朝詩人在大漠孤煙與長河落日中體驗西出陽關的悲與壯時，美國西部還是野牛橫行麋鹿出沒的世界。但現代意義上的西部開發，美國卻比中國早了 150 年。

19 世紀充滿美國領土向西擴張、向西部移民、修築鐵路、內戰時期的西部土地政策、屠殺土著等歷史。美國建國在東部 13 州，立國卻在西部 22 州。沒有西部，美國充其量是美洲中等國家，或可與北美洲的加拿大、墨西哥，南美洲的巴西、阿根廷爭一短長。

西部是中華文化的搖籃、征服者的基地。從半坡到兵馬俑，從西

岐到長安，中原大地的征服者，往往是來自西部。如，西部的周戰勝了東部的商，西部的秦征服了東部的六國，明代的李自成從西向東推翻了明朝，陝西北部更是中國現代革命的搖籃。儘管有墾荒、發展「三線」等多次運動，中國近代西部逐漸失去經濟文化的優勢。但是，西部大開發戰略為西部帶來了希望，歷史宣告中國西部必將復興。

華人對建設美國西部和美國飛行員為保衛中國西部而做出了貢獻。美國伊利諾州用 3,000 枚道釘為華工造了一個紀念碑，上面刻著：「中國築路工人所做貢獻是連接美國東西海岸並促進國家統一的一個重要因素。」第二次世界大戰期間，美國開闢了跨越喜馬拉雅山的「駝峰航線」，為保衛中國西部做出了貢獻。在西藏和廣西最近發現美國飛機殘骸，南京有美國飛行員烈士墓。華工紀念碑和美國飛行員烈士墓是兩國人民國際主義的豐碑，也是西部壯烈的英雄主義的寫照。

從馬車到電腦：美國西部開發的四個階段

1. 大篷馬車階段：從 1763 年開始到 19 世紀中葉，是以土地開發為中心的階段。這一時期，美國西部基本是處女地，美國東部移民，源源不斷坐著大篷車向西部湧進，馬車到哪裡美國的邊疆就到哪裡，頗有我國清初跑馬圈地的味道。最興旺時，一眼望去，馬車隊伍有時候達幾英里寬、幾百英里長。美國政府跟著移民西進，從英國、法國、西班牙、墨西哥、俄國手中以協議、滲透、購買、強佔等手段取得大量土地。美國獨立時，只有大西洋沿岸的狹長地帶，稱北美 13 州，面積大約 40 萬平方英里，是一個不發達的小國，軍隊甚至比墨西哥還弱。但在獨立之後的七八十年內，它通過與英國的協議轉讓、向法國等國家購買、對墨西哥開戰等方式，獲得了 65 倍於本土的西部領地，成為一個地跨兩大洋的強國。美國為了土地不惜發動戰爭，

美軍攻入原來屬於墨西哥的德克薩斯。美國總統波爾克居然致信國會說，這是「美國人的血灑在美國土地上，」國會中的反對派說不對，這是「美國人的血灑在墨西哥玉米地裡。」

土地在開發的每個環節都發揮了作用。農礦工商業、交通運輸、城市建設等都是無土不行的。新得到的西部土地開始為國有，國家掌握土地，可以利用這些占美國土地面積三分之二的土地大做文章。土地的分配包括在市場上出售及移民自由佔領土地等。美國政府還以土地贈予形式支持民眾西進，被贈予土地的先行者可以用出租、出售的方式自由處理土地，使之轉化為資本，在西部建立了大量的城堡、農場、牧場。以後在老羅斯福時代又開始建立自然保護區、國家公園、國家森林。

西部土地的呼喚是不可抗拒的。東部人做著西部夢，據說那裡野牛重得躺在草地上就會沉下去，草莓多得把行人的馬蹄都染得通紅。那時仿佛一道彩虹橫貫東西，彩虹的西端，埋著一罐黃金。更何況西部廣袤的原野吸引著嚮往自由無拘束生活的人們。西方道上擠滿各色人等，從名利之客到自然愛好者都混入西進大軍。如是，個人利益和國家利益形成一致，美國西部終於演出了 19 世紀地球上壯麗的一頁。這對我國西部開發有啟發意義。回憶我年輕的時候，國家要求青年到邊疆去，以自我犧牲為號召，成效並不顯著。現在我國西部比起當年美國西部經濟文化要發達許多，自然資源也不遜色，相信只要政策對頭，人氣興旺是不在話下的。

2. 火車階段：從 19 世紀 50 年代到 20 世紀初火車促進了美國西部的工業化。1849 年加利福尼亞發現金礦，引發了礦業開發熱，形成新一輪西進熱。這次西進交通工具由馬車變成了火車。19 世紀末期，美國建成從大西洋到太平洋的北、中、南三條大鐵路，鐵路總里程達到 30 萬英里，比當時全世界其他地方的鐵路總和還長。可以說

那時沒有美國西部，世界上就沒有長途火車。鐵路建設中的大部分投資來自私人，占總額的 85%～90%，但是政府一直是積極支援鐵路建設的。鐵路促成西部特別是中西部大批城市的興起。中西部出現了芝加哥等重工業中心，使得美國最終實現了工業化。這期間，東部的新英格蘭迅速工業化、紐約金融化，鐵路把工業金融的成果推向西部，使美國資本主義的發展在廣度上與深度上相得益彰。至 19 世紀末，其工業總產值已超過老牌大國英國，位居世界第一。更有甚者，中西部又建立了農牧王國，大片極為肥沃的土地由來自歐洲經驗豐富的農民耕種，使得美國成為世界糧倉和牧場。火車把農產品運向全美國、全世界。可以說，經過這個階段的西部開發，美國具備了必需的工農業基礎。如是，火車把美國拉成全面發達的世界級經濟強國。

3. 汽車階段：從 20 世紀初開始，美國中西部的底特律成為汽車王國，至今未衰。汽車使美國東西部結為一體，美國成為輪子上的國家。有笑話說，外星人觀察北美地方，發現這裡居住著無數大金屬蟲，裡面爬出爬進肉身的奴隸。我國人對鐵路情有獨鍾，東西聯繫以火車為主，西藏鐵路的興建就是明證。如今美國鐵路已經被公路取代，坐火車已經有旅遊性質。此利耶，弊耶？美國人也爭論不休。但被開發西部激發起來的個人主義民族性，似乎難以逆轉，非有石油斷絕之類大變動，美國人是不會輕棄汽車改乘火車的。我國國情不同，加之影響石油供應因素太多，似乎不宜如美國一樣走以上清晰的棄火車改汽車的兩步，當以可進可退的模糊轉化為好。

4. 電腦階段：美國西部興起的 IT 技術可以說是 20 世紀世界奇觀之一，其意義超過同樣興起於美國西部的火車、汽車。從 20 世紀 70年代到現在，美國最西部的加利福尼亞州三藩市地區出現高科技中心——矽谷。加州伯克利大學、加州理工及斯坦福大學都是在西部開發的過程中建立的。與當時的東部常青藤學校不同，這些大學一開始

就與工業界有密切關係，促進美國西部成為美國乃至世界資訊技術的發源地。英特爾公司的創始人之一戈登・摩爾（Gorden Moore）於 1965 年提出了著名的「摩爾定律」，預言單位平方英寸晶片的電晶體數目每 18 到 24 個月就將增加一倍。此定律經受住了時間的考驗。美國普度大學的研究人員表示，一直指導電腦業發展的「摩爾定律」不會馬上過時，一種新型電晶體可使「摩爾定律」的有效期至少延長到 2025 年。微處理器正在成為全球發展速度最快的產業之一。迄今為止，微處理器的應用範圍已包括從 PC、筆記型電腦到網路服務器以及手機等各種各樣的計算平臺。全球每年生產的微處理器數量已突破 10 億大關，其中僅英特爾公司一家每年交付使用的微處理器數量就超過 2 億片。如果將用於儀器儀錶、家電等所有領域的嵌入式晶片同時計算，將是一個天文數字。

中國傳統中的西方

夏朝地域在今中國的東部，今中部的華山其時已為西部之山，故有西嶽之稱。華山以西的涇、渭、洛三河上游地域是戎族之地。商時，戎族的勢力仍然在這裡。古時的中原民族與西部戎族的疆界即在上述三河中上游之地，即是古人心中東部與西部的界線。周在西方，周文王為西伯。《詩・周南・召南譜》疏雲：「殷之州長曰伯，文王為雍州之伯，在西，故曰西伯。」秦國為西戎入中原文化，以後的漢、晉、唐諸朝，政治文化中心都是西部的秦國長安地區。可見西部文化在中華文化中的重要地位。直到北宋，政治文化中心才移到中部的河南開封，南宋在南方杭州，遼、金、元、明均在北方北京。

中國傳統上，西方始終是神秘之地。神話中周穆王馳八駿會西王母，《神異經》載西王母每年在「回屋」與東王公相會。今甘肅回中

有西王母廟。《酉陽雜俎》中說，西王母俗名叫「回」。根據涇川回山「重修回山王母宮頌」，宋翰林學士陶谷奉宋天子之命撰文，「回中有王母之廟，非不經也。」道教老子乘青牛出函谷關，關令尹強請老子著述，老子留《道德經》五千言乃去。佛教唐僧到西天取經，民間以為人死要去西方極樂世界，儒教注重現時世界，所以「孔子西行不到秦。」

美國西部與皮毛貿易

19 世紀初期美國西部開發主要動力之一是皮毛貿易，大量皮毛供應遠東市場。那時中國市場對水獺皮的需要量最大，因為穿輕裘自古就是國人身份的象徵，清朝官場和紳商都對水獺皮情有獨鍾。美國西部獵人、商人追求水獺雖九死一生在所不辭。如一個叫 Pattie 的人，在其妻子去世後，帶著長子，拋下其他八個子女，到西部獵水獺，父子最高紀錄兩周殺死 250 只水獺。在如此狂獵下，到 19 世紀上半葉，美國西北水獺被獵光，原來河湖中此起彼伏的水獺尾巴激水聲變成一片沉寂，大量水獺皮出口到中國。如是，中國市場造成了美國西部皮毛業的興旺，從而促進了西部的繁榮。同時美國西部開發者對中國白銀的追求也破壞了美國西部的環境。此後由於中國經濟百年蕭條，對北美洲皮毛的需求是有心無力，正巧北美野生動物也被捕捉殆盡，得到百年休息養生。

近年中國經濟騰飛，北美毛皮業出人意料地呈現復蘇。懷俄明州毛皮商史密斯說：「婦女又開始想穿毛皮了。」儘管反毛皮運動已激烈進行 20 年，懷俄明州仍是少數毛皮業很興盛的一州。歷史就是這樣重複了，百年之後美國西北皮毛源源流向中國。中國人還是愛皮衣，美國西部人還是喜歡狩獵。值得慶賀的是，儘管美國西北部捕獸

者增加，全球業者交易的毛皮 80%來自牧場養殖的動物。

西部精神的感召

在嚴峻的自然面前，西部人百折不撓、開拓進取。美國西部人講求勤勞簡樸獨立的精神，中國西部人也有吃苦耐勞的美德。但是，農業時代被動的艱苦與工業乃至資訊時代主動的勤勞並沒有必然聯繫，有沒有海岸線也不是發展的先決條件。我國西部發展不能靠等國家，效率和廉潔才是美好未來的保障。歷史將獎賞積極勤勞、視野寬闊、瞭解世界和洞察未來的人。

美國西部造就了美國性格，諸如崇尚力量、不尚虛榮、追求冒險等等，這些特點都是來自西部，也是把美國從歐洲分割開的主要特徵。美國詩人索羅就有這種背離歐洲西進的自覺性，他說：「我一定要去俄勒岡而不是歐洲。」英國詩人拜倫這樣描述美國人：「他們靠移動度日。」

西部發展的夢想

三藩市、洛杉磯與重慶、成都、昆明等大城市的發展應有可比較之處。在數位化及人才、資本、資訊大流動的時代，工農業、交通、通訊、能源的現代化都與西部發展息息相關。中國西部資源豐富，但缺乏人才與資本。美國西部本是不毛之地，儘管如今美國東部仍然是金融、政治、媒體中心，但西部以矽谷為代表奪走高科技中心的寶座，好萊塢則穩取世界影視中心的稱號。資訊工程的發展、網際網路的崛起、DOT－COM 公司的興衰、CDMA 無線通訊系統的命運、矽谷高科技公司每季度盈利報告，美國西海岸的一舉一動扣動世界的心

弦。曾幾何時，資訊領域的書呆子成為西部的新牛仔，網上普通獨立
投資人與大基金經理爭起了短長。東部的華爾街與西部的微軟、思
科、甲骨文、波音、英特爾等公司遙相呼應，演出了一幕又一幕新老
經濟衝撞的故事。西部的故事沒有完，西部的故事剛剛開始，西部航
船的桅頂剛剛露出地平線，誰掌握了西部誰就掌握了通向未來之舵。
世紀之交納斯達克股市是美國西部劇本在東部上演的驚心動魄的悲喜
劇。中國西部應是這悲喜劇最投入的觀眾、最權威的評論人和最具批
評性的仿效與反仿效者。

　　美國開發西部過程中，聯邦政府採取補貼、減稅、貸款等政策，
州政府也具有相當大的靈活的自主權，各州之間競爭吸引大企業進
入，在財政方面發行地方債券、建立地方銀行以及設立地方證券場外
交易中心等，這些都奠定了美國西部開發的經濟基礎。我國西部能否
考慮因時制宜地賦予地方較大的自主權，如西部某些地區省份在建立
開發區、項目審批、企業上市等方面擁有更大的自主權。還可以考慮
賦予西部各省在對外開放、引進外資、設立邊境自由貿易區、開發旅
遊資源方面更多的權力。

　　美國的西部地區軍工企業很多，無獨有偶，我國西部地區早在
「三線」建設時期就發展了一批軍工企業。我國西部地區擁有酒泉、
西昌兩個衛星發射中心，完全可以與美國休士頓航太中心媲美；西安
飛機製造基地可以與美國西岸西雅圖波音公司一爭短長；此外蘭州石
油化工基地、重慶鋼鐵和汽車生產基地等都可以大有作為。上世紀末
以來，美國西部大量的軍工企業與民用相結合，軍事高科技加上豐富
的資源以及廉價的土地，使得電子、航太、生物、原子能等高科技產
業迅速發展，推動了產業結構升級換代的步伐。我國軍工企業雖奠定
了西部地區雄厚的工業基礎，但軍轉民時未能大力提高技術商業層
次，所以目前西部的產業結構調整較為緩慢，工業效益不夠理想。如

果我國西部振作起來，在某些地區、某些行業集中大力發展高科技產業，完全可以使其成為帶動西部地區產業結構升級換代的「矽谷」。

西部風情的誘惑

中美兩國西部民俗慷慨悲涼，也不乏浪漫柔情。美國西部人喜歡戶外生活，酷愛歌舞、打獵、釣魚、騎馬、野餐、駕舟等。中國西部也不乏類似風俗，如陝北秧歌、內蒙古那達慕、新疆姑娘追、青海花兒、四川戶外火鍋等。羌笛何須怨楊柳，天涯何處無芳草。夕陽西下，牧童短笛，牛羊暮歸，人約黃昏，西部豪邁生活情趣竟然有著輕鬆基調。

春節與耶誕節的聲音和顏色

　　節日本來是時間的里程碑，但也有聲音與顏色。中國春節的聲音是「鬧」，年關一到，到處是聲音，這喧鬧就是對現世的肯定。中國人本來就喜歡聲音，從書店到飯館，任何一個服務員都有權把背景音樂開得很大，認定自己喜歡的音樂大家也喜歡。聲音愛好者到了過年更是得其所哉，拜年要大聲，賀歲要高喊，打麻將要脆亮，剁白菜包餃子也要節奏分明，這就是富貴得響亮。

　　王安石的《元日》一詩道出了這「鬧」字，有道是：「爆竹聲中一歲除，春風送暖入屠蘇。千門萬戶曈曈日，總把新桃換舊符。」昨夜滬上窗外爆竹聲起，初聽有點奇怪，因為春節還有一周才到，仔細一想，此時放爆竹，大約是慶祝小年。既熟悉又陌生的爆竹聲提醒我，三十年來，除夕之夜從國外給父母和家人打電話時，往往透過電話聽見連珠炮般的爆竹聲，其聲帶著喜慶也有幾分傷感。記得小時候過年，最盼的是那喧鬧；在出國前的幾年，因為要用功，最怕的也就是這喧鬧；在國外三十年，最想念的，最百感交集的還是這喧鬧。曾記得小時喧鬧聲中，父母每年都說一句家鄉老話：「過年也就過個孩子節呀！」這話有著老一輩對後代的欣賞期許，也浸透著中國百年來外憂內患中的節日滄桑。

　　西方耶誕節的特點是「靜」。從街道到教堂，從林海到雪原，一切靜謐如荒漠。這靜是對過去的回憶。銀裝素裹中到處都是兩千年前的耶穌出生地伯利恒，大家都輕聲細語，生怕驚醒沉睡的初生聖嬰耶穌。美國從感恩節到耶誕節前商業化得厲害，到了耶誕節前夜則萬籟

無聲。大家一起靜默祈禱，只見兩千年前聖母瑪麗亞在伯利恆臨產，客棧裡找不到住宿的地方，便在旅店外的馬廄生下了耶穌。最有名的聖誕歌曲 Silent Night 即言此事。Silent Night 通譯「平安夜」，其實不對，應該譯成「靜靜的夜」才對。歌詞唱到：「Silent night, holy night! All is calm, all is bright.」「靜靜的夜，神聖的夜！一切都平靜，一切都光明。」唱的是靜，唱的是星空下的聖潔與寧靜。

說起顏色，中國春節的顏色是紅的。其實紅與鬧密不可分，有宋祁「紅杏枝頭春意鬧」一句為證。在紅與鬧面前，一切都應是實在、穩妥、繁華。春節的紅色表現中國人的樂觀精神和對未來幸福的期待。紅色之中，看看眼前的一切分明不誤。看這大紅福字掛倒了，看這紅的鞭炮迸出紅火與青煙，看這紅包裡面裹著多少孩童的喜悅和大人的感慨，看這紅男綠女不遠萬里奔來走去，臉上洋溢著興奮與焦躁，看這紅色春聯都是吉祥話，分明要憑文字的力量和命運抗爭。

耶誕節的顏色應該是白色。西方人以紅、綠、白三色為聖誕色。餐桌上的聖誕蠟燭要紅色，人見人愛的胖老頭聖誕老人，紅衣紅帽，據說夜間從窗戶爬進房間給孩子送來禮物。綠色的是聖誕樹和長青的槲寄生。聖誕樹下堆滿親友互贈的禮物，此景我見過多次。西方傳統，耶誕節如有女子站立於槲寄生懸掛的地方，旁邊的男子便可上前去親吻，但我從來未見過有人如此做過。但據我觀察，耶誕節的基調是白色，人人都盼下雪的「白色耶誕節」。白色的雪花在寧靜的聖誕之夜旋轉飄下，悄悄地蓋上世間一切骯髒、不平和醜惡，留給世界潔白純潔和純真。

這靜與白本是一體，靜到極致就是白色，白到純粹就是靜謐。對此我倒有刻骨銘心的感悟。記得幾年前的耶誕節前夜，我們夫婦在美國中西部小鎮北田雪中散步，心愛的小黑狗樂樂興奮狂奔，居然在茫茫大雪中不見了蹤影。那一夜我們徹夜不眠，在小城和近郊森林到處

尋找，在靜與白中，我們「樂樂，樂樂」地叫個不聽。皎潔的明月照在無際的雪原，靜與白融為神秘莊嚴，互相轉化，想起千古絕句「明月照積雪」，想起紅樓夢有「留下一片白茫茫大地真乾淨」。看著家家戶戶窗中微光下的聖誕樹，才懂死生契闊的淒絕美麗。所幸幾天後我們找到了樂樂，原來她跑丟了以後就趴在馬路中間，等待救援。正巧一家人開車路過，看見黑色的樂樂趴在白色的雪上，以為誰家丟了聖誕禮物，下來撿起來，通過警察局和獸醫院還給我們。我在美國過了三十個耶誕節，這次記得最清晰。可見「平安就是福」不如逢凶化吉來得生動鮮明。

春節和耶誕節紅白分明。如此看來，中外有異，似有深意。不過據馬可‧波羅說，元朝時候，中國春節也崇尚白色。《馬可‧波羅遊記》記載：中國的「新年開始於二月（西曆）。這一天，全國自皇帝、大臣及人民一律穿白衣，舉行慶賀，稱為白節。」如此看來，白色紅色本是相通，七百年一輪回，不必分孰優孰劣，大家拋卻是非與煩惱過節就是了，當務之急是不要把節日商業化。紅燭也好白雪也罷，要給自己留一片精神後花園；寂靜也好喧鬧也罷，總該是：風流水轉人依舊，是是非非又一年。

兵馬俑與自由女神

　　1980 年 10 月 10 日，秦始皇墓兵馬俑向公眾開放，全世界在這奇跡面前目瞪口呆。這些秦代的兵馬在這裡靜靜地等著衝鋒的命令，等了 2174 年。兵馬俑不會說話，但是，武士們持兵器的姿勢、臉上的表情，好像在跟我們進行無聲的對話。他們的目光和身姿告訴後人，當年秦帝國是何等強大，當時秦人有著多麼壯闊的英雄主義精神。秦俑的表情表現了堅韌不拔、遵守紀律，對未來充滿希望。他們的目光直視東方，他們或蹲或站，在秦始皇領導下，準備征戰世界，統一天下。

　　唐朝的李白比我們早生一千年，但沒有我們幸運，沒有看過兵馬俑。但他通過讀歷史，也體會了秦人的精神。李白在《古風・秦皇掃六合》中寫道：

> 秦皇掃六合，
> 虎視何雄哉！
> 揮劍決浮雲，
> 諸侯盡西來。
> 明斷自天啟，
> 大略駕群才。
> 收兵鑄金人，
> 函谷正東開。
> 銘功會稽嶺，

騁望琅琊台。

刑徒七十萬,

起土驪山隈。

尚采不死藥,

茫然使心哀。

連弩射海魚,

長鯨正崔嵬。

額鼻像五嶽,

揚波噴雲雷。

鬐鬣蔽青天,

何由睹蓬萊?

徐市載秦女,

樓船幾時回?

但見三泉下,

金棺葬寒灰。

　　這裡是虎視雄哉的英雄故鄉。兵馬俑的炯炯目光曾在明末「迎闖王不納糧」呼聲中回蕩,曾在上世紀 30 年代陝北抗日軍政大學學生眼中閃爍。中國歷史上,這裡一向是向東發展,征服全國的出發點。從秦始皇掃六合到李自成闖北京乃至延安精神籠罩全國,人們從這勝利的搖籃出發,一次一次出函谷關越秦嶺跨黃河征服全中國。可是如今離開兵馬俑往北走幾十裡,再看當代陝西農民的表情,沒有了那英雄氣概,兵馬俑的炯炯目光暗淡了,虎視雄哉的深情不見了,這才真的茫然使人心哀。如果兵馬俑的英雄氣概,建立偉大中國的雄心大志,再回到陝北農民的眼睛裡,那我們中華民族就復興了。讓我們盼望有一天,我們陝北農民再恢復兵馬俑雄赳赳、氣昂昂的眼神。

　　兵馬俑的眼神體現集體主義精神（從孔子、孟子、老子、莊子到當代），自由女神體現個人主義（自由女神的法國設計師 Frederic Bartholdi 崇尚建立在個人主義基礎上的民主、平等、博愛思想）。

　　每個秦俑武士都具備獨立的價值，但更重要的是，其力量體現在彼此之間的關係上。武士們身體的姿態、陣容的排列表現了一種集體主義精神。《詩經》中《秦風・無衣》就體現了秦人這種兵馬俑的集體主義精神。李白寫的是秦王的魄力，《詩經》中這首感人的詩寫的是秦國普通農民士兵之間的關係：

　　　　豈曰無衣？與子同袍。王于興師，修我戈矛，與子同仇！
　　　　豈曰無衣？與子同澤。王于興師，修我矛戟，與子偕作！
　　　　豈曰無衣？與子同裳。王于興師，修我甲兵，與子偕行！

　　你不要說沒有衣服，我和你共用衣服。國王發動軍隊，我要整理我的武器，同仇敵愾，一定要完成國家大業。這是何等的英雄氣概，這裡個人利益淹沒在對朋友之義和對國家之忠裡面了。

　　1886 年 10 月 28 日，在美國紐約，一座 115 英尺高、225 噸重的雕像向公眾揭幕。這就是美國精神的象徵——自由女神。我們在兵馬俑身上看到了集體主義，很多戰士在一起生死，互相幫助，互相支援。相對他們的形象，是表現個人主義的自由女神像。在美國東部面向大西洋，這個女神舉起一個火炬，孤零零一個人，仿佛在說，你孤苦伶仃沒有家人，來到我的懷抱裡。如有不信，請看自由女神腳下刻的詩句。1

---

[1] Emma Lazarus，The New Colossus，USA，1883.

The New Colossus

Not like the brazen giant of Greek fame,

With conquering limbs astride from land to land;

Here at our sea-washed, sunset gates shall stand

A mighty woman with a torch, whose flame

Is the imprisoned lightning, and her name

Mother of Exiles. From her beacon-hand

Glows world-wide welcome; her mild eyes command

The air-bridged harbor that twin cities frame.

"Keep ancient lands, your storied pomp！" cries she

With silent lips. "Give me your tired, your poor,

Your huddled masses yearning to breathe free,

The wretched refuse of your teeming shore.

Send these, the homeless, tempest-tost to me,

I lift my lamp beside the golden door！"

—Emma Lazarus

新巨人

不似希臘偉岸銅塑雕像

擁有征服疆域的臂膀

紅霞落波之門你巍然屹立

高舉燈盞噴薄光芒

您凝聚流光的名字——

放逐者之母

把廣袤大地照亮

凝視中寬柔撒滿長橋海港

「扼守你們曠古虛華的土地與功勳吧！」她呼喊

顫慄著緘默雙唇：

把你，

那勞瘁貧賤的流民

那嚮往自由呼吸，又被無情拋棄

那擁擠於彼岸悲慘哀吟

那驟雨暴風中翻覆的驚魂

全都給我！

我高舉燈盞佇立金門！

—愛瑪‧拉紫露絲

　　如是，自由女神歡迎個人，歡迎個人奮鬥。人們從歐洲也好、亞洲也好，源源不斷地懷著自己的夢想到了自由女神的腳下。兵馬俑的目光是集體主義，自由女神的眼神是個人主義，是鼓勵對個人主義利益的追求。如果問集體主義和個人主義何者更有價值？我想各有其意義。個人主義不是自私自利的同義詞。文化不能說優劣。但是，我們是中國人，我們有自己的傳統，所以集體主義精神還得發揚光大，同時要保證個人的創造性，這樣才能有先進的文化。

　　2001 年 9 月 11 日，就在自由女神腳下，紐約世界貿易中心被國際恐怖主義者劫持的飛機撞成平地，在濃煙中自由女神遇到又老又新的課題：世界文明的衝突。在全球化的今天，在人們反復談論政治、經濟、軍事衝突的顯旋律中，文化交匯與衝突的洪鐘作為潛旋律已經並必將響徹全球。世界已經為忽視這一潛旋律付出了代價。

　　美國電視臺在報導世界貿易中心倒塌的同時，呼喊著，「但是自由女神沒有倒！」是的，紐約依然矗立，自由女神在煙與火的洗禮下

依然壯美沉著。但是，人們要問，她代表的價值是否晃動？她是否也
應該睜開眼睛更多地看看世界？

手機文化與汽車文化

　　以兵馬俑為代表的集體主義精神表現在中國的手機文化上，以自由女神為代表的個人主義表現在美國汽車文明上。

　　美國人常說自己是輪子上的人，他們平均五年就搬一次家，所以他們對汽車非常崇拜，因為汽車給他們獨立。中國很多人都有手機，幹什麼都用手機，這個跟美國人非常不一樣。美國的手機擁有量本來是世界第一，但從 2001 年起中國世界第一。美國人非常怕這個東西，除了年輕人和某些工作人員工作上需要以外，很少有喜歡用手機的。他們特別怕別人知道他們在哪兒，不希望隨時能找到他們。下班後在哪裡是非常嚴重的問題，一定不能告訴別人。這就是個人主義。在飯館邊吃飯邊打手機，別的顧客煩死你了。反之，中國人集體主義精神表現在對手機的酷愛。剛有手機的時候，一些個體戶有手機但沒人打，就讓他老婆打給他，當眾聊幾句天。這種手機文明是中國傳統文明的表現，人們還和兵馬俑一樣，互相依賴，列隊前進。然而世界在變化，隨著中國成功加入 WTO，汽車在中國將進入尋常百姓家。手機的意義，在美國也有所變化。在「9‧11」事件中，一些乘客用手機與地面進行緊急通話，使不少美國人對手機有了重新認識。

危險的反傳統浪潮

　　此文寫於 1988 年。我在國外發覺當時國內反傳統浪潮氾濫，電視《河殤》即為其代表之一。文成之後尚未發表，國內形勢起了變化，《河殤》嗣後也受到公開批判。我覺得不宜再湊熱鬧，故此文一直未發表，或待將來收入有關文化討論集中。日轉星移，於今悠悠二十年有餘矣。

　　此文寫作時，國內外均未見到批評《河殤》的文章。此文或為當時《河殤》激起的文化熱點在國外的超前反響。展讀舊作，回顧國內外十多年以來潮流所及，兼懷身家之感，心潮亦隨之起伏，乃口占一絕：

> 國新未必除古風，
> 人深還當念舊情。
> 獨笑書生爭底事，
> 輕舟早過山萬重。

　　一個幽靈，一個反傳統的幽靈正在中國徘徊。近年來，這個幽靈成長為洶湧的浪潮。一方面，一批學者大聲疾呼，說是要把黃色的「頑梗不化的傳統投入蔚藍色的西方文化的大海中洗滌。」此系有聲浪潮。另一方面，某些財富的原始積累以其初級階段特有的姿態輕視科學、文藝和教育。此系無聲浪潮。在兩股浪潮的衝擊下，中國傳統又一次處於危機之中。在生產關係發生變化的時候，上層建築領域裡

往往會出現混亂。商業衝擊文化，也是許多發展中國家和發達國家的通病。但是，知識界負有保護文化的重任，其社會地位又與傳統息息相關，實在不必以有聲浪潮為沖向傳統大廈的無聲浪潮助威。更嚴重的是，許多人在批判傳統時並不區分傳統中的消極與積極成分，必欲把所謂「三墳五典，祖傳靈丹」一起投入「混濁不堪」的「黃」河而後快。有人要我們相信，中國又到了歷史抉擇的緊急關頭。似乎要麼取現代，要麼取傳統，魚與熊掌，不可兼得。加上現實生活中的種種問題，不能還手的傳統又一次成為眾矢之的。傳統成為各種不良現象的替罪羊。

其實，當前反傳統浪潮並非新創。百年來國人每思進取，必把傳統拉出來痛打，反傳統已經成為我們的傳統。危機的傳統不幸成為傳統的危機。從「五四」運動至今，國人無日不反傳統。從「砸爛孔家店」到「文化大革命」中的「破四舊」，直到當前拜物主義的氾濫，我們的精神遺產早已七零八落，實不勞諸公再興師問罪了。於是剩下可以攻擊的目標不過是長城、黃河和龍了。最近獲得一片喝彩的電視連續節目《河殤》聲稱：長城只代表著封閉、保守、無能的防禦和不出擊。「黃河無疑是世界上最暴戾、最任性的一條河」，「華夏民族為什麼會崇拜（龍）這麼一個形象兇暴的怪物呢……龍是自然界的橫暴者，皇帝是人世界的橫暴者……」

《河殤》試圖用過去說明現在，也提出了一系列探索性的問題。然而，黃河、長城和龍都是古老而龐大的形象，其偉大如日月經天，其缺點有如日月之蝕，人皆見之。攻擊它們豈不是百發百中？在民族自信心已經在一些青年中產生動搖的今日，系統清算悠久的民族偶像是非常危險的。試問沒有黃河、長城和龍的中國還是中國嗎？剷除了這些民族文化的象徵之後遺留下的巨大空白用什麼代替呢？肯德基炸雞和霹靂舞嗎？人先自辱，然後人辱之。中國經濟暫時愧不如人，傳

統中的消極因素當然有責任，但主要原因應在其他層次。子孫不濟，自辱先人，恐為天下笑矣。

然而中國傳統文化真是如此不可救藥了嗎？試觀亞洲經濟高速發展的國家和地區。從韓國到日本，從臺灣、香港直至新加坡，在地理上劃了一條環繞黃河文明的半圓，從文化上看也與華夏文明有著千絲萬縷的聯繫，其中有幾個根本就是由華人或華商組成的。世界上國家和地區有一百多個，脫穎而出者偏偏都與中國文化聯繫密切，這絕不是偶然的。中華文化當然有其缺點，但其「合理內核」一旦與先進生產力相結合，必能創造奇跡。上述這些國家和地區都有了一定意義上的現代化，而對中國文化傳統和自身傳統文化也都保存得不錯。以孔子為例，新加坡對孔子的尊重是盡人皆知的。有學者說，對日本現代化貢獻最大的三人是孔子、明治天皇和麥克亞瑟，此言固過之；但我在東京親見日本青年在孔子像前擊掌合十，表情十分誠摯。我想儒家思想作為國家意識形態的時代曾經奠定了古代中國文化的基石，對歷史有了交代，作為中國古代文化象徵的孔子，應該和其他先哲一樣受到後代的尊敬。

一次，我在課堂上談到中國文明的連續性，一個美國學生舉手發言，說：「我去過中國一年，並沒有看到多少中國傳統。」此語於我如平地驚雷，震動三界，至今一直在我耳際縈繞。借用當前流行的辭藻來說，這句話實在令我「反思」良久。傳統為現代化付出代價已經不小了。記得「文化大革命」時有句口號曰：「不破不立。」此語多年不聞，但縱觀近年國內報刊，把破和立對立起來的議論仰俯皆是。仿佛文化容量只有這麼大，舊的不去，新的不來。似乎我們在使用一台存儲量極小的電腦，不刪舊資料，新資料就輸入不進。蔡元培辦北京大學有座右銘曰：「相容並蓄」，從保守的辜鴻銘到激進的李大釗都有一席之地。林則徐說過：「海納百川，有容乃大，山高萬仞，無欲

則剛。」大哉蔡先生，北大得人矣；壯哉林公，其心胸當與虎門一炬同彪炳青史。文化的寬容，乃是經濟發達的前提。一個偉大的文明，必然有對古代與現代、外來與本土的文化採取相容並蓄的氣魄。每一個時代都無權宣佈自己創造的文明可以取代以前一切時代文明的總和。當然，文化上的復古，以及排斥外來文化也是不可取的，新興事物必然蓬勃發展。傳統與進步、文化自尊與吸收國外先進事物不是對立的，而是相互推動的。

除「惡」務盡何如網開一面，一枝獨秀怎比百家爭鳴。砸碎偶像固然痛快，再塑金身則談何容易。歷史證明，新的事物未出現，先提出打倒舊的，舊的倒了，理想中的新事物不見得就建立得起來，也不見得建立得好，而失去的舊的則很難恢復。倒不如新舊並存一段讓其交相掩映，在比較中剔除消極落後因素，最後化腐朽為神奇。中國現代史上，有許多教訓值得回憶：50 年代，關於北京古建築的去留曾有過激烈的辯論。有人主張東四、西四牌樓應該拆除修馬路，有人主張應該保留。主拆一派請出一位洋車夫，他說他的父親就是在擁擠的牌樓下被車撞死的，你們的文化遺產比人命還值錢嗎？此語一出，反對席上一片鴉雀無聲。實則此論當判「以屍訛詐」。為了交通安全，馬路可繞行，或將牌樓移至公園等處，豈有牌樓為令尊償命之理。又，建築學家梁思成主張保留北京城牆，在幾十米寬的牆頂植樹栽花，供人步行散步，稱環城空中花園。結果自然是梁思成受到批判，北京也終於痛失成為世界最美城市的機會。

保留傳統非但不阻礙進步，如果處理得當，還可以成為歷史車輪前進的潤滑劑。文藝復興運動是歐洲思想和工業革命的起點，而它恰恰是從弘揚古希臘文明開端的。日本的明治維新最初也是以復古尊皇為號召的。日本新年號「平成」兩字即取自《史記・五帝本紀》中之「內平外成」一語。當今世界自稱與傳統決裂的國家多是新舊兩失。

以色列可以說是現代化國家之一，同時也是傳統保留最好的國家之一。每逢國家有事，猶太人從世界各個角落奔赴國難，召喚他們的正是悠久的猶太傳統。當然，傳統文化只是上層建築的一部分，保留傳統而國家仍不振作者或有之，但全盤拋棄傳統而國家發達者則聞所未聞。

傳統是進步的基石，沒有經典力學，就沒有量子力學，沒有牛頓，就沒有愛因斯坦。人和動物的區別之一，是人能靠語言文字等傳遞前人積累的資訊，而動物每一代都是從零開始。在相容並蓄的文化結構中，落後的東西必然在對比中削弱。一般來講，「傳統」主要是指代代相傳的正面因素。僅把「傳統」的內涵限於落後的社會現象和思想意識，實際上就是向全部傳統挑戰，其後果將是玉石俱焚，造成文化沙漠。這種反傳統，很可能像多米諾骨牌一樣，連帶引起貶低文化、教育乃至科學。「文化大革命」就是明證。我們注意到，「讀書無用論」並沒有區分什麼書有用，什麼書沒有用。所以說，反傳統在一定意義上就是反文化。

當前社會種種不良現象，不能因為古已有之就算到傳統身上。甲事在乙事之前未見得甲事就是乙事的原因。拋棄落後意識的濁水，不應同時扔掉澡盆裡民族精華的嬰兒。中國的落後，不過是百年之事，若和亞洲諸小龍比較，更不過是二三十年之事，不必把列祖列宗都扯進來陪綁，每一代人都應對自己的命運負責。事實上，是我們，而不是我們的祖先，應為自己對世界文明貢獻太少而感到慚愧。21 世紀的中國必然經濟文化空前發展，那時的中國人對古人遺產和外來文化都會有一種從容大度取捨由之的慷慨。

當然，對傳統進行反省是一種成熟文化的健康表現，反傳統論也應在相容並蓄的文化中有一席之地。問題是如今反傳統論受到同情，並與社會上的怨氣相結合，對文化和教育在社會中的地位構成威脅。

發展與保護也是相反相成的對立與統一因素。在一定意義上說，保護
傳統也是改革的一部分。「打倒」之聲不絕於耳迄今已有六七十年
了，只不過是每隔一段時間就發現一個新目標。對這種「傳統」也應
該改革一番。今日說傳統一無是處的人，很可能將來就是反對進步的
遺老，今日說外國一切都好的人，有朝一日又會成為排外的先鋒。

　　不過就今日而言，認定黃河、長城和龍誤了現代化，在理論上接
近宿命論和地緣政治學，在形式上與星象術差不多。作為文藝領域裡
的談資固無不可，作為嚴肅政論則難以服人。自然環境要保護，文化
傳統也要保護。破壞比建設容易，這在物質上如此，在精神上更如
此。「欲窮千里目，更上一層樓。」樓之不存，層將焉上？牛頓說，
他之所以有所作為，是因為他站在前輩巨人的肩上。中國的現代化，
也應站在其光榮傳統的高大肩頭。

什麼是先進文化

中國自古以文立國，現在先進文化受到舉國上下重視，這是文化重獲社會尊重並推動其他領域進步的絕佳機會。在此關鍵時刻，弄清楚先進文化的含義有極為重大的意義。我認為先進文化應當具備以下五種特徵：

第一，先進的文化應當是相容並蓄的文化。先進文化有著對其他文化慷慨吸收、鑒別採納的特點。這種文化的寬容特徵在歷史上曾多次出現。唐代的文化和古希臘羅馬的文化，由於具有這種特徵，是當時歷史條件下的先進文化。

相容並蓄的文化除了提高人民生活品質外也帶來國家的強大，所以相容的文化是強盛的文化。戰國趙武靈王「胡服騎射」，使得原來弱小的趙國興起與強秦爭一短長。「胡服」是文化開放，「騎射」是軍事改革。武靈王可說是改革開放的先驅，跨文化交流的先鋒。後來的唐朝人更具備對域外文化取捨由之的從容，有著李白筆下「揮劍決浮雲，函谷正東開」的大氣，使得長安城成為世界文化博物館，塑造人類歷史上「全球化」光輝的一頁。

古羅馬文明源於歐洲、北非及小亞細亞文化，後來更向世界敞開大門，學者阿裡斯提德斯宣稱羅馬是全世界居住的城市國家，以至羅馬人後來強大到把地中海稱為「我們的海」。

當代美國以世界唯一超級大國自詡，究其文化根基，不過二百年來廣采世界各國之長而已，所以英國作家伊斯雷爾‧贊格威爾，1909年著有劇作《熔爐》稱之為「上帝的坩堝」和「歐洲各族大熔爐」。

　　反之，我國清初皇帝一句「片板不得下海」誤了鄭和西洋艦隊的光榮，鑄成國人的四百年遺憾。日本明治維新以文化開放為先導放棄閉關鎖國，到甲午戰爭打敗清朝不過區區三十年。縱觀當代世界，一些國家重複閉關自守的歷史誤會，結果文化蕭條、經濟落後，其民涉江蹈海，逃離祖國如避虎狼。我國改革開放不過二十年（編者注：此文作於 20 世紀末），成功之大，世人皆見。可見敞開文化大門並非權宜之計，竟是民富國強的根本。

　　第二，先進的文化要能夠保持本文化的優良傳統。每個文化都有自己的優良傳統，而人之所以成為人，區別於其他動物，就是因為人能夠吸取前輩的文明，通過語言文字或者其他形式傳遞下去並且得以發展。同樣，一個國家如果摒棄了優良的文化傳統，那麼就談不上發展先進文化，也必然妨礙經濟發展。

　　民族的復興，首先是文化的復興。現代化不應以拋棄傳統為代價，建新樓不一定拆老屋，譜新章未必不能彈舊調。海納百川，有容乃大，山高萬仞，無基難剛，這裡海洋可以用來形容先進文化的對外的寬容，高山可以用來表述先進文化自立的根基。我們是炎黃子孫，是孔孟、老莊、李白、祖沖之的後代，豈可數典忘祖，輕棄祖先五千年基業。更何況中國傳統文化在資訊時代的今日表現出獨特的生命力，又是凝聚全世界華人的共同財富，也是維護國家統一的牢固壁壘。天下華人自稱龍的傳人，可以設想將龍作為中華文化旗，這面旗幟對繼承中華文化遺產將有很大意義，也能鼓舞全世界華人華裔在龍的旗幟下聯合起來。

　　上述第一點是從對外的角度上來說的，第二點是從對內的角度上來說。第一點的對外開放和第二點的保持傳統相輔相成，缺一不可，兩者均缺更不可。兩者缺一的例子，十多年前俄國不顧本國文化傳統，毅然走上「休克療法」的全盤西化之路。而我國在保持傳統與現

代化之間採取「摸著石頭過河」的兼顧策略。結果是，十年來俄國 GDP 共減少 36%，中國的 GDP 平均每年遞增 97%。俄國近兩年經濟出現轉機，很大一部分原因是新政策強調國際經驗與本國文化相結合。再看開放與傳統兩者均缺的例子：三十多年前，中國「文化大革命」破字當頭，誓與古代及外國文化不共戴天，必欲割斷我國與外來影響及傳統文化的聯繫而後快，其對我國文化及政治經濟的後果凡我同齡同胞均刻骨銘心，可以指大地山河為證。

有人擔心，文化全球化對我國「弱勢文化」不利。其實中華文化博大精深，何弱之有？隨著我國經濟實力的壯大，完全可以在世界文化大競爭中站穩腳跟，而競爭正可使其不斷刷新繁衍、日新月異。文化本無主人，凡懂者愛者皆可仰俯取之，何必拘泥產地。所以我國不但要輸入文化而且要輸出文化。中國現在在對外貿易上有巨額順差，在文化交流上則是逆差，中國人瞭解西方超過西方人瞭解中國。申奧成功和加入 WTO，正是中國扭轉文化交流逆差，讓世界瞭解中國的大好機會。在商品、資本、人員大流通的今日，讓我們舉起雙手歡迎文化大交換時代的到來。

第三，先進文化是有著燦爛未來的進步文化。先進文化不應當受固有的文化糟粕和外來消極因素的影響，它在發展的過程中不斷地修正自己，不斷更新和完善自身，以宏大的氣魄，把人引向光輝燦爛的未來。

先進文化是現代文化，不是古代和外來文化的簡單重複，是現代人集古今中外大成基礎後面向未來的創造。先進文化的現代性與傳統性並不矛盾，而是現代與傳統磨合的產物。這種文化接受傳統，檢驗傳統，糾正傳統中的錯誤，也創造新傳統，浩浩蕩蕩如大江東去，苟日新，日日新，又日新。故得以不斷提出新挑戰，迎來新潮流，造就新人才。

　　在先進文化的發展上，國家一方面要尊重歷史的選擇，順應歷史發展的潮流，另一方面必須加以支持和引導。如果不進行正確的引導，那麼文化必然被商業浪潮所吞沒和覆蓋。美國文化是一種聽其自然的文化，重商業利益，屬於群眾文化的類型；而法國文化是受到政府的積極干預的，這種文化是一種精英文化。中國的新文化應當在群眾文化和精英文化之間找到一個合適的位置。國家有責任在政策中反映先進文化，既推動文化創新又保證傳統文化，協調不同的文化局面，督促發展面向未來的創造性的進步文化。在推動和保護的過程中，不應當強制進行，要因勢利導，不宜以行政手段進行干預，而以文化和經濟的手段影響國民的認識，推動新文化的發展。

　　當然，關鍵是如何鑒別先進與落後。文化人有義務挺身而出，分析、比較、揭示文化的美學與歷史價值，推崇進步與高尚，與落後及庸俗鬥爭並創造出嶄新的文化。讀聖賢書所為何事？時不我待，書生報國，此其時也。

　　第四，先進文化必然要和其他兩個代表即先進生產力、人民群眾的根本利益相聯繫。

　　文化是生產力的上層建築，也會推動生產力向前發展。先進文化與先進科學技術有著密不可分的關係。不與先進資訊技術相結合的文化不可能是先進文化。

　　先進文化與廣大人民群眾利益緊密聯繫。廣大群眾的文化素質是其他領域進步的基礎，也是國家未來安定的保證。多元的先進文化是其他領域多元化的先導，所以先進文化是民主的文化、保障人民群眾利益的文化。所謂人權也應包括人民群眾享受先進文化的權利。強調先進文化可以使中國在人權領域反守為攻。讓我們昭告世界，歷盡苦難的中國人民有能力糾正前進過程中的謬誤，有權享有和諧優美多層次的文化環境。

中國民間重和諧惜親情，衣食住行四時八節是日月麗天，人家平俗中有端然喜氣，簷前廊下見國土莊嚴，小橋流水有天理昭然，禮樂文章竟是治國安邦大事。國人喜歡文化生活，嚮往天下太平，非不得已不喜殺戮征伐。只是百年來內憂外患中，人們奔走溫飽之餘纏繞在戰亂、鬥爭與運動之中，無暇享受豐富與和諧的文化。現在國家開始走向富裕安定，文化之重要當不亞於衣食住行。當年倉頡造字後「天雨粟，鬼夜哭」。文字一出天雨粟，人人皆可食之，可見文化進步代表人民群眾切身利益；文字一出鬼夜哭，從今竟是清平世界朗朗乾坤。可見文化有安定團結的神力，怪力亂神亂臣賊子聞之而懼。

第五，先進文化是保證人民身心健康的文化。拉丁語有一句名言「健康的思想基於健康的身體，」先進的文化必然要對人民的身心健康負責，並且在發展的過程中時刻對人民的思想和身體的健康給予充分的關懷。先進的文化必然引導人民走向健康與安寧。

與第四點相關聯，先進的文化保證群眾的利益，包括全民健康。奧林匹克運動會是群眾文化的集中體現，我一方面贊成「人文奧運」的倡議，另一方面主張「業餘奧運」。奧運的本質是發展群眾性的業餘體育運動，而不是把寶貴的資源全部集中到職業體育中。現在我國參加體育鍛煉的人口比例很低。2008 年奧運成功的標誌不應是拿了多少金牌，或奧運主席說一句「本屆奧運是有史以來最成功的奧運，」而是那時中國有多少人參加業餘文化體育活動，多少人有機會、有時間、有心情參加健康多樣的文體活動，離開酒杯、煙缸、牌桌到海濱游泳、球場馳騁、林間散步、山中遠足。

心靈的健康有賴於精神文明建設。「精神文明」的提法非常響亮，在國外很多人表示欽佩。中國歷史上一向重視人文建設，追求壯闊與通達的理想情操，陶冶豪放與婉約的詩情畫意。中國是世界歷史上曾經出現過的唯一詩人治國的國家。歷史上中國文人、儒官、儒商

理解人文主義的意義和精神文明的價值，善於處理文化與政治、經濟及身心健康的關係。中國廣大人民群眾也有尊重知識、崇尚教育、熱衷養生養心、熱愛大自然和文學藝術的傳統。如果國人對先進文化取得積極與明確的共識，在世界民族之林中獨樹精神文明的大旗，中國就有可能贏得文化超級大國的桂冠。

百年內憂外患使我們有多少身體與心靈的創傷需要醫治，多少物質與精神領域內的扭曲需要糾正。一旦我們在和諧諒解的氣氛中營造了身體與精神的健康，只見山川靜好，天地清明，人人寬厚，個個勤奮。龍之國鳳之鄉，上上下下多有心靈高尚之士；舜之都禹之邦，來來往往盡是體魄健美之人，如此國家是可以垂拱而治的。

消除中美「文化交流逆差」

美國哈瑞斯民意測驗機構最近調查了全美各地 1,010 人對世界 18 個國家的態度。據其 2000 年 8 月 31 日公佈的調查結果，誤認為中國是「敵人」的比例最高。

造成這一結果的主要原因，一是美國一些媒體常常抨擊中國，造成公眾對中國的成見；二是一些美國人認定自己的制度是最完善的，各國都應模仿。因此，在蘇聯分崩離析後，蒸蒸日上而又政治制度不同的中國就成為一些人新選定的「敵人」；三是中國對美貿易順差，在物美價廉的中國商品面前，一些美國製造業工人以為中國會奪他們的飯碗從而對華產生敵意；四是美國公眾對中國文化瞭解太少。這當中最重要也最有可能改變的是最後一點。

多年來，我們對在海外傳播中華文化及推廣漢語教學這樣至關重要的領域投入的人力物力，與我們在經濟領域的成就相比太少了。中國對美文化出口遠遠小於來自美國的文化進口。中國大小電視臺有幾千個，隨便一開就有美國節目或美國影視片，而美國電視臺的中國節目則寥若晨星。與對美貿易順差相反，中國對美文化交流上存在著「巨額逆差」。「文化交流逆差」或稱「瞭解逆差」造成了不少美國人對中國誤解叢生。這是長期以來中美關係陰霾不散的主要癥結之一。

意識形態不同自有歷史淵源，貿易衝突也是經濟利益使然。唯文化之大，可納百川，有寫不盡的文章、畫不完的畫圖。增強對彼此文化、歷史和現狀的瞭解，是增進感情的基礎，最有可能帶動其他方面的突破性進展。本來對中國的敵意只限於美國某些利益集團，與一般

公眾並無多大關係，美國百姓與中國並無過不去之處，何以誤將中國列為頭號敵人？蓋因這裡的人們對中國不瞭解，猶如一張白紙，正好塗鴉，既然有人天天喊「狼來了」，大家也就姑妄聽之，姑妄信之。揚湯止沸不如釜底抽薪，增強人民彼此瞭解，扭轉「文化交流逆差」當是化解敵意的重要途徑。

2000 年「中華文化美國行」是中國近年來在美舉辦的規模最大、水準最高的一次文化交流活動。在 8 月 24 日到 9 月 17 日活動期間，中方在紐約、華盛頓、芝加哥等城市以展覽、文藝演出和主題演講的形式，向美國人民介紹中國的傳統文化、現代藝術以及中國的歷史和現狀。此次活動的目的，是讓沒有機會到中國來的美國人更廣泛、更貼近地瞭解中國古代和現代文化的發展，讓更多的美國人民瞭解中國和中國人民，增進兩國人民的友誼。可以說，這是消除「文化交流逆差」的空前大手筆，對增進兩國人民的瞭解收到了令人意想不到的良好效果。

消除「文化交流逆差」的關鍵是增強世界對中國的瞭解，而不是減少中國對世界的瞭解。談「瞭解逆差」不表示中國人對外界的瞭解已經足夠深入和全面。中國不少文化輸入還停留在通俗和表面的層次，我們學習包括美國人民在內的世界各國人民長處之路還很長。歷史證明，只有文化輸出沒有文化輸入也是不可取的。

弘揚文化不是權宜之計，而是立國之本。泱泱華夏自古以文化立國，漢唐盛世與古希臘、古羅馬一樣，都不只輸出輸入物質文明，也大量輸出輸入精神文明。在當今資訊時代，文化話語權的運用，將在相當程度上決定地球村每一個成員的地位。隨著互聯網的興起，某一特定文化的發源地與創始人並不對其具備專有權。文化如滔滔波濤，衝破國界的束縛，成為人類的共同財富。政治經濟地位日趨強盛的中國有信心、有權利、也有義務向各國人民學習並向世界展示自己燦爛的文明。

全球化中跨文化主人的消失

尼采說：「上帝死了。」後現代主義評論家模仿尼采從不同角度強調他們所謂的「主體的空洞化」（empty of subject），福科（Michel Foucault）宣稱「人死了」[1]；巴斯（Roland Barthes）認定「作者死了」；利奧塔德（Jean Francois Lyotard）說「知識份子死了」。我認為在後現代時期全球化過程中「主人死了」。我這裡的「主人」一詞有三種英譯：一是 owner，本文用以指全球文化專利的主人；二是 creditor，本文用以指全球債務的主人；三是 master，指統治世界的主人。本文是依「主人」的這三種含義討論全球問題。

一　複製社會的到來：全球專利的主人（owner）不存在了

德國哲學家本雅明認為，當代複製技術的氾濫顛倒了藝術的功能，使它的基礎從禮儀變成了政治，藝術作品的「獨一無二性」消失了，藝術與知識成為大量複製的商品。[2]此論與其他後現代理論是一致的。如傑姆遜等人指出的「歷史感的消失」、「深度的消失」、「距離感的消失」皆與此有關。一個「de-」首碼，「解構」了前現代眾多概念。「原作」和「真品」的神聖也不例外。不過本雅明、傑姆遜等人

1　Michel Foucault, The Order of Things (New York:Pantheon Books, 1970), p.368.

2　Jean-Francois Lyotard, The Postmodern Condition:A Report on Know-ledge, (Manchester: Manchester University Press, 1984).

討論的複製的是商業化的產品如電影、電視、光碟、錄影等對原作的關係，而本文是探討複製社會的到來，特別是網際網路的普及與全球化的關係，即民族文化專利權的削弱乃至消失。

　　全球範圍內的複製，特別是通過最新資訊技術的複製，不承認原產地和創始民族。網際網路上超量高速運轉的資訊把其生產的時間與地點壓縮成最小點之後，在全球漂移、旋轉、擴散、擴大、發展。使用者也成為貢獻者，選擇和應用就是創造。沒有一個民族或個人可以最終控制和佔有它。即便是創始者也必將最終失去資訊專利權。獲取資訊的人，不斷複製、應用、編輯。網際網路就是複製技術的最新發展。人們接受並應用更改「資訊流」，而不考慮創造者的意願。

　　當今世界上，還有人堅持傳統的文化專利權。例如法語世界頗有一批人批判網際網路的盎格魯─撒克遜化，因為其間絕大多數資訊用英語而且其發源地又是美國。此論犯了兩大錯誤：第一，一百年來英語成為世界語言，盎格魯‧撒克遜民族並無英語專利；第二，幾年以來，網際網路成為世界的共有工具，美國也不是國際互聯網專利的主人。堅持某個民族具有某種文化專利的人，一方面高抬了別人，另一方面苦了自己，在全球化過程中，也將被甩在後面。如果錯過工業革命的後果要一二百年才能顯現出來的話，那麼錯過這次資訊革命的後果，則只要短短幾年就可以顯現出來。至 1997 年，法國電腦入網率只達 4%，僅為德國的三分之一，即為一例。

　　令人高興的是，中國這次看來沒有錯過，民族心理障礙也比較小。如今中華大地一片複製、傳遞、入網的呼聲，及至國際上頗有微詞，似嫌比爾‧蓋茨和麥當娜賺錢還不夠。平心而論，中國人自古分享「智慧財產權」的意識就比較強，春秋詩人作詩從不署名，所謂「作者不名，述者不作。」故勞孝輿在《春秋詩話》（卷一）中說「當時只有詩無詩人。」又「賦詩言志」的「賦」字，今意「創

作」，我以為古意為「給」（如英語 present）或即興背誦已有之詩。
《左傳》中有不少例子，如「子產賦鄭之《羔裘》」（昭公十六年），
「鄭伯享趙孟於垂隴」時七子之賦（襄公二十七年）都是參加宴會的
人即席背誦時人共知的詩獻給客人。其詩此時已與原作者無關，其水
準在於賦詩時的氛圍及受賦者對詩的接受程度。如七子之一的伯有賦
《鶉之奔奔》，事後趙孟認為「伯有將為戮矣。詩以言志，志誣其上
而公怨之，以為賓榮，其能久乎？」（襄公二十七年）這裡複製權得
到極端的認可，引用者成為創造者，複製得好，自是歡聲滿座，用得
不好，有殺身之禍，如伯有之「將為戮矣」。

　　後現代人們對原作的取捨由之在高層次上再現我國春秋古人的態
度。現在人們截取應用網際網路上的知識，可以比用春秋的「賦」
字，即不創作之創作。當前高速大量的商業化全球大複製是超出古人
想像的，必將加劇藝術家和發明家與商業的悲劇性搏鬥及國家之間針
對智慧財產權的喜劇性衝突。前者是悲劇性的，是因為聯網化的複製
必將剝奪傳統藝術家、發明家獨創性的尊嚴。後者是喜劇性的，是因
為衝突的結果不會有勝利者和失敗者。在資本、商品和資訊全球大流
通中，文化和技術的專利所有人作為民族和國家都將不復存在。信息
飄飄如不系之舟，乘者即為其主，滿湖風月，原屬閒人，「又何必官
家賜與」，宋詞的境界是今日沒有專利的資訊的寫照。

　　其實全球共用文化成果本是古已有之，創始民族放棄所有權更是
屢見不鮮。如現代猶太人之不信猶太人創立之基督教；印度人把佛教
傳送給周邊民族而自己改信印度教；馬克思主義現在也不是其發源地
德國的主導意識形態。但當代這種創始人與其產品在所有權上的分離
速度加快了。愛因斯坦認為時間和空間可以互換，後現代主義者哀歎
歷史感的消失，認為時間已被空間取代。那麼我們也可以說，當代技
術已將文化的傳遞壓縮成極短的瞬間。文化和商品從產生到全球共用

已從幾千年幾百年縮短到幾天幾小時。在空間方面，萬里之遙已縮成螢屏咫尺。王母娘娘的仙桃不等上蟠桃宴，孫行者就有份。讓我們舉起雙手，歡迎這神話般世界的到來吧。

二　互為人質時代的到來：全球債務的主人（creditor）不存在了

全球化的另一特徵是各國在經濟文化上的互動互補互為人質，債權人和債務人的地位平等化。以金融為例，美國政府是全世界最大的債務人，依靠國庫債券融資運行。日本一向擁有最多的美國債券。1997 年以來，中國政府擁有的美國債券已悄悄逼進日本，這也是中國外匯儲備達千億美元上的邏輯結果，當然也表明中國在全球化爭奪話語權中正從弱勢向強勢移動。但中國人傲視全球為時尚早，因為傳統意義上的債主已不存在了，債權人與債務人如今是互相欠債互為人質。

在農業社會中債權人對債務人有無限權力。從牽走債務人的牛到佔有債務人的人，如《白毛女》中黃世仁之對喜兒。但在金融資本主義的今日，債務人與債權人的關係已經顛倒。再以美國公債為例，其利率到期日是固定的，這當然是債務人是債權人的人質。但如在公債到期前，債權人想賣公債，其價格就要隨行就市，價格受股市的支配性影響，而美國股市又受美聯儲利率決定性影響，此一利率的決定權掌握在美聯儲主席手中。而在他和其他金融巨頭的操縱下，近五年來，美國股市的收益是公債收益的二至三倍。如是，債權人又成了債務人的人質，兩者互欠互利。

然而，中國這樣做是正確的。中國好像是一個全球債務遊戲的初來者，在加入全球金融體系時，西方特別是美國已是遊戲規則的設計

人，是運動員，又當裁判。但西方設計的規則也適用于東方，優秀運動員在不斷得分之後也逐步參加規則的設計，爭奪「能指」的提議權和「所指」的解釋權。這種現象將不只存在於經濟領域，也將存在于政治和文化領域，如有關「人權」、諾貝爾文學獎和智慧財產權等爭論。

三　與龍共舞時代的到來：世界的主人（master）不存在了

中國文化崇尚龍，歐美文化崇尚屠龍者。西方討論中國崛起的書刊漫畫，以龍比喻中國者如過江之鯽不可勝數。如果依亨廷頓所言，將來龍與鬥龍士爭奪世界主人之戰在所難免，殊不知，owner 和 creditor 沒有了，master 的意義也將徹底改變。

西方意識形態有三大歷史支柱：基督教的宗教思想，古希臘的民主共和意識和英國工業革命帶來的個人主義思想。這三者都有屠龍士為其象徵。基督教《聖經》中，上帝本人就是屠龍英雄，撒旦則是惡龍（見 Revelation 各節）。希臘神話的宙斯就多次與龍搏鬥，希臘諸神更是如此。英國從 1606 年採用的「米」字旗，就是由代表英格蘭保護神聖喬治的正十字紋章，和代表蘇格蘭保護神聖安德魯的斜十字紋章組成的。在西方人看來，現在龍似乎要反過來吞掉鬥龍士，因為龍和鬥龍士是不共戴天的。比如神話傳說結構大師普羅普就說過歐洲只有一個民間故事，那就是屠龍的故事，一切其他故事都源於此。3 故事總是以鬥龍士戰勝成為主人而告終。

---

3 Vladimir Propp, Morphology of the Folktale, Moscow, 1969, p.49.

　　然而，中國的龍不像西方那樣，它更多地象徵和平與穩定而不是
對立與戰爭。龍，至少是與鬥龍士搏鬥的龍，本不是中國國家民族的
象徵。遠古之龍固然為華夏的圖騰，但自漢以來它是水，進而是水利
社會的領袖皇帝的象徵，有人妄稱龍子龍孫當有殺頭之禍。龍代表
近代中國國家是由西方提出的，中國人同意後東西方達成共識。本
來，作為自認為「世界中心」的中國不需要什麼象徵如國旗之類，龍
成為清帝國的國旗是因為「外夷」堅持中國有個旗幟代表自己。當時
中國最為西化的是北洋水師，其管帶很多受過西方特別是英國的教
育，艦隊裡又多有外國顧問。在西方的影響下，北洋艦隊採用了三角
形的龍旗為旗幟。1863 年同治皇帝批准此旗為國旗。1890 年此旗改
為長方形。[4]

　　西方人極樂意把中國稱為龍的國度，除了龍的異國情調外，更因
其在下意識中是西方鬥龍英雄的潛在攻擊對象。中國人也樂於接受
它，是因為它代表權威、團結和力量，也代表了日愈高漲的民族自豪
感。至於中國人自稱「龍的傳人」，不過一二十年，多少有些海外華
人傳回大陸的因素。此前，賽珍珠稱中國人為龍的後代（dragon
seeds）頗有些悲劇的成分，其含意與中國人和多數西方人的理解有
所不同。中國和西方在龍的「能指」上達成了共識，但在其「所指」
的理解上正相反。在西方看來，凡龍則攻擊人，必欲屠之而後快。殖
民主義者在鬥龍士聖喬治的旗幟下佔領香港是龍與鬥龍士近代生死鬥
爭的開始。1997 年香港的回歸標誌這一時代從此有一本質的改變。
1997 年 6 月 30 日，我有幸在香港目睹鬥龍士聖喬治和聖安德魯的米
字旗在落日的餘暉中在龍的土地上降下。我認為從這一天開始，西方

4　Whitney Smith, Flags: Through the Ages and Across the World, (New York: McGraw-Hill
　　1976), p.8, pp.108～109.

與東方進入了一個新時代，那就是「與龍共舞」的時代，誰也成不了傳統意義上勝利的主人。

然而，既曰「共舞」，必有領舞人。領舞權的爭奪是在文化、貿易、技術特別是資訊技術的領域中進行的。共舞人既有合作，又會有無窮的誤會。沒有主人的世界，將是一個爭奪全球話語權的世界，沒有炮聲的世界依然充滿「聲音與喧囂」。知識的主人死了，但知識份子並不會像利奧塔德預言的那樣死去。他們將以空前的熱情傳遞、研究、比較、解釋各國之間交換的信號。20 世紀的全球化進程，將在很大程度上取決於他們的成功。在全球民族個性與共性雙向同時擴大的時代，一支筆（也許現在是二十四個鍵）真的要勝過三千毛瑟槍了。不過說這話的拿破崙再也不會出現了，因為全球化意味著全球主人的死亡。

玉壺清談

「魯豫有約」之中西文化的橋樑
——趙啟光訪談[1]

趙啟光現場用英文「畫講」《道德經》

　　陳魯豫：今天的嘉賓呢，我們在座的年輕人可能會稱他為老師。他的確是一個老師，是一個文化學者。他的經歷在我看來是挺傳奇的，因為改革開放之後，所有重要的歷史關口，他都經歷了，可以說他是跟著共和國一起成長的。在「文革」的時候，他被迫中斷學業，當了一名工人。之後他榮幸地成為一名工農兵大學生，然後成為「文革」之後的第一批研究生，再後來在出國潮最熱的時候，他是第一批出國的大學生。他恐怕還是「文革」之後第一批在美國教書的中國人。後來成為教授、終身教授等。如今在美國用英語給外國人講老子、講《道德經》，講得非常精彩。今天很高興請到趙啟光教授，等一下聽聽他用英文來給我們講講《道德經》。

　　畫外音：趙啟光，美國卡爾頓大學亞洲研究系主任、亞洲語言文學系教授，英美文學碩士，比較文學博士。著有《康得拉小說選》《老子的智慧》等作品。

　　外國學生1：在卡爾頓他是非常有名的老師。

---

[1] 此文為2010年11月26日播出的「魯豫有約」訪談節目文字記錄稿，刊發時有刪減。

外國學生 2：我認為趙啟光老師的教學方式是非常獨特的，因為他有一套跟學生溝通的方法。

外國學生 3：他以悠久的文化歷史為根基，所以他講課的內容非常有新意，非常新穎。我喜歡這種與眾不同，在我看來，他講的內容非常神奇。

外國學生 4：他講的歷史課、文化課我們都喜歡。他教課的時候畫畫，我特別喜歡他畫的畫。最初我不太明白這個故事什麼意思，他通過畫畫和文字解釋，我就比較清楚地瞭解了。這是最可愛的。

近年來，趙啟光的學術重點主要是老子的《道德經》及道家思想。旅美三十年，他最推崇的，還是中國的國學，並將博大精深的中華文化傳向世界。對於這片生他養他的土地，對於這個他生活了三十年的國家，趙啟光永遠有著難舍的情懷。

陳魯豫：謝謝趙啟光老師，您請坐。我覺得在國外用英文跟外國人講這些真的是不容易。

趙啟光：所以這也是一種東西方怎麼對話的問題。

陳魯豫：您跟我想像當中的學者不太一樣，形象上不太一樣。

趙啟光：何以見得？

陳魯豫：一般在中國教授好像很少，至少我認識的教授裡面沒有像您這樣留鬍子的，也還真沒有把頭剃得這麼光的。

趙啟光：人家見我猜我的職業，好像很少有人猜我是教授。

陳魯豫：一般人猜您是什麼職業？

趙啟光：有人說我是導演。

陳魯豫：像！

趙啟光：藝術家。

陳魯豫：像！

趙啟光：黑社會老大！

陳魯豫：那不太像……黑社會老大是中國人猜的還是美國人猜的？

趙啟光：義大利人說的，當然他也是逗著玩兒，不過的確很少有人說我是教授。

陳魯豫：您什麼時候就是這樣的形象呢？

趙啟光：有十多年、二十多年了吧。

陳魯豫：為什麼？

趙啟光：禿頭以後更貼近自然。在人的進化過程中，遠古的人全身都是毛，每幾百年就失去一部分，然後頭髮是下一部分。

陳魯豫：然後是鬍子。

趙啟光：對於男人來說是這樣。

陳魯豫：所以以後連鬍子都沒了。

趙啟光：對了，我只不過比大家早進化一百多萬年。

陳魯豫：但我覺得您這樣的形象其實符合外國人對中國、對傳統中國人的一個想像。他們覺得中國人就應該是這樣的，最好鬍子再長一點。

趙啟光：對，有點這個含義在裡面。

陳魯豫：如果您平常沒事在校園裡面再練練太極拳什麼的，絕對能把他們給鎮住。

趙啟光：您還真說對了！我真的練太極，還練太極劍。

陳魯豫：您練太極還包括耍太極劍，那您是真會，還就是哄哄人、嚇唬嚇唬他們？反正他們也不太懂！

趙啟光：光說太極拳，恐怕在行家看來我是不行的。但是如果把哲學和太極劍結合起來，可以說我是有獨到之處的。

「文革」中博覽群書

　　畫外音：趙啟光出生于一個知識份子家庭，父母親都是物理學
教授，受家庭薰陶，他從小就愛讀書、思考。但是跟當時所有
的青年一樣，一場歷時十年的「文革」改變了他的命運。1966
年「文革」開始時，趙啟光就讀的高中停課，他跟當時所有的
中學生一起被稱為老三屆。

　　趙啟光：那時有一段時間大家什麼都不幹，開始武鬥。

　　畫外音：學校停課，知識無用，展望國家未來和自己的命運，
一切都是前途未卜，此時趙啟光的母親，給了他人生中一個意
義深遠的建議。

　　趙啟光：那時候出現了讀書無用論，都不念書、不考試。我母親
說，「你好好念書，將來有一天大學要開門，而且入學是要考試
的。」這聽起來就是不可能的事情，因為那時候大學都關了，但我自
學了很多書。紅衛兵來抄家有兩種方式：一種白天來，一種晚上來。
中學生是晚上來，大學生是白天來。晚上來的紅衛兵是砸門，後來我
母親有一個發明——這可能還是非常獨特的——她說紅衛兵敲門咱不
開門，我說這太危險了，他們進來打人怎麼辦？然後我們一家人都坐
在書後面，「砰砰砰」，砸門，我們就不開門，偶爾開門，他們一看是
書把門一關就走了，大概是因為他們比較懶。結果，我們家保存了很
多很多書，我也因此看了很多文學、科學、物理等方面的書。

　　陳魯豫：看那麼多書，您那時候會記筆記、寫日記嗎？

　　趙啟光：我寫日記，生活中寫日記。但是，那時候寫日記很危
險，屬於資產階級思想。瞎寫日記、發表評論，就是想被抄家，那叫
「變天賬」。所以，因為我會一點英文，就自己創造了一種寫法——

倒著寫：Today，第一行，我就寫在這個角上，自己有個圖表，紅衛兵來也不怕。

　　陳魯豫：那您要忘了怎麼辦呢？

　　趙啟光：真忘了，真是不會看了。

　　陳魯豫：那個日記後來還留著嗎？

　　趙啟光：現在有，在家裡呢。

　　陳魯豫：但現在自己看不懂了？

　　趙啟光：自己看不懂，但是我得留給後人，我相信將來有一天有人會研究出來咱們的日記的。

　　陳魯豫：您自己都看不懂，我們還能研究出來？

　　趙啟光：但是，有一本日記我看得懂，是我母親的日記。兒子看母親日記總不大好意思，是吧？我知道她有本日記在什麼地方擱著，那天紅衛兵來敲門，「咚咚咚」。這是白天，不是晚上，白天必須開門，因為白天他知道你在家。紅衛兵從前門進來，我就從後門拿著母親的日記跑了。我從南開大學跑到天津大學，找到一個廁所，我想把這個日記撕了、扔了。但是在撕以前我看了一遍。兩個小時，我把母親一生的奮鬥看得清清楚楚。她是一個農村的小女孩，從小就看見鄰居的婆婆欺負兒媳婦，她說，我長大以後絕對不能靠男人生活，我一定要自立。後來還寫到她在民國三十幾年參加運動會，獲得女子 60 米短跑冠軍，後來這個項目被取消了，所以今天這個冠軍還是我母親的。

　　趙啟光：然後我就把日記撕了，沖到水裡去了。回家以後我母親正在著急，說，「有日記讓紅衛兵抄走了，這下麻煩了，他們給我展覽了可怎麼辦？」我說，「媽，我給您撕了扔廁所了。」我媽說，「哎呀，太好了！太好了！哎呀，放心了！」她看起來非常感激的樣子。不過後來我回憶起來有點兒後悔，如果……

　　陳魯豫：其實您把日記埋起來就行了。

趙啟光：那時候人都懵了，很多人都自殺了。我處於弱勢，根本不知道該怎麼跑、怎麼藏。

陳魯豫：您的媽媽真棒，60 米冠軍啊！所以這個遺傳到您身上了吧。

趙啟光：是的，這個遺傳到我身上了——我跑百米也非常快，速度是 11 秒。

陳魯豫：那是國家級水準吧？

趙啟光：省級吧。國家級世界冠軍現在是 9 秒多。

陳魯豫：不過您要按當時的那個成績來算。

趙啟光：當時也是 10 秒 8、9 或者 10 秒 7。11 秒的成績在全國大專運動會大概能得前三名。

陳魯豫：除了游泳、短跑外，還有什麼項目是您拿手的？

趙啟光：自由泳我是天津市前三名，短距離滑冰——500 米速滑——也是前幾名。

陳魯豫：要是有一個全能的項目，既包括冰上，又包括水上和陸上的綜合項目，估計您的成績特別好。

趙啟光：嗯，可惜沒有這種項目。但是我也承認我的缺點：耐力不行。時間稍微再長點兒立刻就不行了——跑步 200 米就不行。

陳魯豫：所以我發現您的這些特點，比如短跑、短道速滑，和您後來的人生有點兒相似：就是您的爆發力比別人都強，比別人出發得要早。

趙啟光：對，對於短跑來說，起跑是非常重要的！必須得第一個起跑！

陳魯豫：您都趕上了第一撥。

趙啟光：好像是趕上第一撥了！

陳魯豫：工農兵大學生在當時算是比較早的了。

趙啟光：對。

陳魯豫：那時候能夠當工農兵大學生是很幸運的吧？

趙啟光：對，當工人本身就是幸運了。

陳魯豫：當工人也算幸運？

趙啟光：對，那時候其他人都去上山下鄉了。

陳魯豫：您是幾級工啊？

趙啟光：學徒工，收入十二塊五。

陳魯豫：算高嗎？

趙啟光：我想可能是您採訪的嘉賓裡最低的了。

陳魯豫：是不是級別越高收入越高？比如八級工……？

趙啟光：八級工最高。

陳魯豫：就是說要從學徒開始，再往上一點點升，但您還沒到升的時候就去上學了。

趙啟光：對。

陳魯豫：您當工農兵大學生那會兒什麼專業最熱門？

趙啟光：英語好像很熱門，我同時有物理和英語兩個專業可以選擇。因為我是物理世家嘛。大家注意啊，第一次大學生入學考試是1973年，很多人說1977年，不是的，1973年就考了一次。鄧小平說考，大家都考，我也考，相信我考的所有題目都是滿分的，因為我手到擒來。

陳魯豫：滿分啊！

趙啟光：每科都是滿分，我相信我自己，雖然沒查。但是這次考完以後又出了一件事，有一個叫張鐵生的人，這個事兒您可能知道。

陳魯豫：我知道，他好像是得零分。

趙啟光：因為得零分，他就寫了一封信，說那些資產階級狗崽子在家念書，我們在農村勞動，結果他們考得好，我們考不好。你們不

能以此為准，我們入學的條件不應該靠分數，應該憑這雙手、佈滿老繭的手！所以那次考試的結果全部被推翻，不算了！我也並沒有取得什麼優勢。但是我也上了大學，在 1973 年，叫工農兵大學生。

陳魯豫：您當時為什麼不選物理選英語？

趙啟光：我父親對我做實驗的水準表示懷疑，他說我將來學物理，非把實驗室燒了不可。

陳魯豫：為什麼？

趙啟光：馬馬虎虎，太馬虎了。結果我就學英語了。

畫外音：受母親的影響，趙啟光從小就喜歡運動，尤其是游泳這個項目。

趙啟光：我記得在南開大學參加游泳比賽，岸上大家亂喊，「加油！」游泳的時候要吐氣，我就能聽到我母親喊，「趙啟光加油！趙啟光加油！」現在，一遇到困難，好像還聽到她在喊「趙啟光加油！」

畫外音：趙啟光曾經說，自己是一條魚，只有呆在水裡才覺得開心，他的理想是遊遍全世界的海岸線，雖然還沒有實現，但他卻喜歡游泳和運動帶給他的自由感覺。

陳魯豫：您在國內所有大江大河都遊過嗎？

趙啟光：所有大江大河都遊過。小時候是在天津的海河裡游，長江、黃河都遊過，三天前我剛從桂林回來，在灕江剛遊完泳。

陳魯豫：到任何地方只要有水，必定要嘗試一下嗎？

趙啟光：到任何有水的地方就有一種想脫掉衣服的欲望，想跳到

水裡去。但是也有自欺欺人的時候，因為有的地方非常危險，為了取得這個紀錄，到了那裡以後，用英文叫做 dip 一下，我就上來，那也算。

陳魯豫：就蘸一下水，也算涮過了。

趙啟光：到此一遊，對！如果是好的環境就儘量多遊。但是也不能不顧一切，是吧？比如說，我們有一次到澳大利亞的海濱，在達爾文那塊兒，您可能也去過，那裡有一個牌子叫「小心鱷魚」。我們是一個旅行團，和同學校同系的教授一塊兒去的。大夥兒說這兒絕對不能遊。我說那牌子意思是政府告訴你：我說了有鱷魚，但是這件事什麼時候發生的呢？是 1950 年發生一次，到現在都 50 多年了，再也沒發生過；如果一旦發生，你去告我，我這裡有個牌子警告過而已。所以那天海濱就屬於我了，我就一個人在那兒遊。

陳魯豫：有鱷魚過來嗎？

趙啟光：就感覺黑糊糊的，一個大大的好像黏糊糊的東西從底下過來了，我就趕緊加速，可能那會兒我都破世界紀錄了。沖到岸上以後有點兒濛濛糊糊的，一抬頭：哎喲！這世界怎麼這麼奇怪呀？星星也不認識了，可能掉到鱷魚肚子裡了吧？後來一想這裡是澳洲，星星都是反的，都是南十字座，沒有北極星、南極星。所以實際上沒被鱷魚吞下去，只不過我在南半球游泳而已。

陳魯豫：我看電影裡面小孩去游泳，都有被小朋友把衣服藏起來的經歷，您有過嗎？

趙啟光：這種事兒常有，要不就是衣服被藏起來，要不就是衣服被偷走。在天津游泳的時候，我還留了心眼，把衣服擱在樹杈上，還拿樹葉蓋著，遊完還挺高興，結果上來一看，沒了！

陳魯豫：那怎麼辦呢？您可能看錯樹杈了。

趙啟光：那天下午 4 點多鐘，滿街都是人。現在不讓講裸字，不

是裸露，我的游泳褲還是有的。怎麼辦？等著吧，等天黑吧。好不容易等到太陽落山了，那時間真慢！但是，太陽落山了天也不黑，8 點多天才黑，星星都出來了，街上還有人！我一直等到 12 點沒人了，才蹬著自行車快速地「飛」回家去，沒被人看見。

陳魯豫：從下午 4 點等到半夜 12 點？

趙啟光：欸！回家以後，我們家人嚇壞了，趙啟光怎麼這麼晚才回來？衣服呢？我把故事一講，還挨了一頓說。

滿懷希望赴異國求學

畫外音：隨著「文化大革命」的結束，中國的社會發生了很多變化，1977 年全國恢復了統一高考，1978 年改革開放政策推行，同年，教育部恢復研究生招生。

趙啟光：當時大夥都不知道什麼叫研究生呢，那會兒我已經知道了，因為我父母早就告訴我了，所以我就報了名。說到考試，英語當然沒問題！另外，國際歷史什麼的我也會。為什麼會呢？因為我哥哥有中學課本，我沒事老看他們的歷史課本。

畫外音：因為一直以來的勤奮和好學，趙啟光順利地考入了中國社會科學院英美文學專業，光榮地成為「文化大革命」後的第一批研究生。師從著名詩人卞之琳。

陳魯豫：當年考第一批研究生，競爭是很激烈很激烈的。可能超過我們如今的高考吧？

趙啟光：對，考第一批研究生，它是多少屆積累的，進入考場以後那場面真是一個奇觀。

陳魯豫：怎麼講？

趙啟光：60 歲的都有：老的宿儒，羅鍋、白頭、滿面滄桑、抱著大字典，把字典放在門口進來了；也有非常年輕的，十七八的也可以考，他們鬥志昂揚。考生全部排排坐，每個人發一個信封。這是第一次考研究生，信封裡面放著所考單位的題目。我考的是中國社會科學院研究生院外國文學研究所。信封不許開，都擺在桌子上。等到大家都坐好了，監考老師還要訓話。那時候雖然是 1978 年，但還得說毛主席教導之類的話。然後監考的人會問：「大家準備好了嗎？」我就準備撕這個信封。監考一說：「開信封！」唰！我就開開了，別人還愣著呢：怎麼開？我是這麼開還是那麼開……旁邊有一個人是考氣象的，他那個信封裡的氣象圖表很厚，5 分鐘他也沒打開……所以就像您剛才說的，要第一個起跑，雖然我跟這些人沒有直接競爭關係，因為我們也不考對方報考的地方。

陳魯豫：但是您的氣勢已經壓倒別人了。

趙啟光：對了！要有一種「今天我非得第一不行，不得第一我就死在這兒」的精神！這就是遊戲，我非把它玩兒好不行。

陳魯豫：對，我覺得這遊戲要不就不玩兒，要玩兒的話就認真地玩兒。

趙啟光：您跟一個人玩兒，他不好好玩兒，他不想贏你，你跟他玩兒什麼，對不對？

陳魯豫：沒勁！

趙啟光：所以我就認真地答題。我也承認有些題不會答，但是也答得很好。最後我就考上中國社會科學院研究生院外國文學研究所。

陳魯豫：這在當年是很了不起的一件事！

趙啟光：是不錯。

陳魯豫：當時拿到通知書的時候欣喜若狂了嗎？

　　趙啟光：欣喜若狂！看到通知書的題目後，我說這幾個中國字的排列組合，可能是最美的組合了。

　　陳魯豫：趙啟光同志或者同學，您已被錄取為，比如說一九七⋯⋯

　　趙啟光：七八級。

　　陳魯豫：七八級碩士研究生。

　　趙啟光：對了。

　　陳魯豫：這就是最美的幾個排列組合。

　　趙啟光：對，我覺得是。當然現在不覺得是最美，還有別的更美的，但是⋯⋯

　　陳魯豫：這種心情就跟當年我們高考完以後，拿到大學錄取通知書是一個心情！可能你們那時候更多了一種獲得新生的感覺。

　　趙啟光：對了，您說得對，那會兒是有點兒開拓性的。前面是茫茫一片，不知道怎麼回事你就往前闖，一看原來真有條路。現在是一條路大家都在那擠，但是擠不上去。那會兒是沒有路，是懸崖啊？是會踏空啊？有沒有荊棘啊？有沒有老虎啊？有沒有狼啊？能不能回頭？全沒有答案！

　　陳魯豫：那時候已經開始有人準備要出國留學了嗎？

　　趙啟光：是。1978、1979、1980 年前後就開始出國，我出國這事也是一點點滲透出來的。當年我們學校借用北師大校園，我們住在西南樓。突然有一天，有個人在西南樓說，「現在，鄧小平說了，如果想要出國，而且能得到外國的獎學金，中國政府可以讓你走。」大夥說，別逗了，瞎扯吧？結果他說的是真的。我就一想，那我也申請一下，還申請獎學金。然後就跑到圖書館去查大學名冊，因為喜歡游泳，我就沿著美國的海岸線，把從佛羅里達到加利福尼亞所有的州立大學都申請了一遍。

陳魯豫：申請了多少所？

趙啟光：四五十所，還是二三十所。那會兒不要錢，知道中國沒有美金支付。但是貼郵票要錢，那也夠貴的。

陳魯豫：當時要從中國寄封信到美國，得好幾塊吧？

趙啟光：對，好幾塊。

陳魯豫：您那些信寄了以後都有回信嗎？

趙啟光：都有回信，人家都客客氣氣的。拒絕的信也有，說你的表現非常好，但是我們還有很多好的學生，所以不能錄取你了。當時有兩所大學錄取我，一所是耶魯大學，說我已經被錄取了，再沒說別的；還有一個麻塞諸塞大學，信上這樣說：你已經被錄取了，我們給你免學費，並提供每年 5000 美元的獎學金。

陳魯豫：兩個大學都不錯，但是耶魯沒給獎學金。

趙啟光：耶魯沒有獎學金。

陳魯豫：那肯定去後一所啊。

趙啟光：是的，我想耶魯是給布希這些人準備的，不是給咱開的。喬治·布希他們上得起，咱們上不起。那得好幾萬獎學金才可以。我就上麻塞諸塞大學了。

陳魯豫：就這麼決定了？

趙啟光：就這麼決定了。當時還不讓走，不發護照。護照是一關，等了一年。等的這一年裡呢，我怕美國人把我的獎學金取消了，就決定打一個電話過去。那會兒打電話可難了。記得是在冬天，我騎自行車頂著呼呼的西北風去了電報大樓，進大樓後先拿號排隊，等著叫名字。我是下午 5 點鐘去的，排到第二天早上凌晨一點。

陳魯豫：啊？

趙啟光：當時全北京只有一個越洋電話。等長了還等對了，因為那會兒美國正好是白天，所以壞事好事是互相轉換的。突然有人喊：

「趙啟光，快點！」我說：「好！」然後「噔噔噔」跑到小亭子裡，電話接通了，我說我是趙啟光。電話裡說：「哦哦，我們知道你。」我說我暫時還去不了，希望給我延長一年。他們說：「可以，我們可以考慮，我們一定儘量，盡最大的努力幫助你。」那人還挺客氣的，「你們天氣怎麼樣啊？」我心想壞了，摸摸錢包裡的幾百人民幣，我說天氣不錯。「北京可比我們麻塞諸塞冷吧？」我說是。

陳魯豫：他都不知道他這扯閒篇兒可貴了。

趙啟光：是，對方也是表示客氣。扯了一會兒，我說對不起，有事再通信聯繫吧。他說好，我們希望儘早見到你。掛了電話以後，出門一看，250元人民幣。

陳魯豫：250元！您當時一月工資多少錢？

趙啟光：一月30多塊錢吧。

陳魯豫：這一年基本上白乾了。

趙啟光：對，比我的自行車還貴，當時在中國自行車是家庭三大件之一，但我也覺得值啊。

　　畫外音：出國留學本是趙啟光兒時的一個夢想，沒有想到最後真的能夠夢想成真。當時的中國還沒有留學歸國的先例，改革開放的大門也剛剛打開不久，趙啟光和他的家人對國外的事情，可以說是一無所知。

趙啟光：我父母給我的飛機票錢，我記得當時是這麼大一摞子，幾千塊錢人民幣吧，反正是很貴啊。我去買了張單程機票。那時候上學的人可憷了，中美之間怎麼回事、去了以後回得來回不來、有沒有探親……都不知道。上了飛機人家問喝不喝橘子汁兒，不敢喝。為什麼？怕要錢，不知道要不要錢，所以什麼都不敢喝。

畫外音：儘管如此，他還是滿懷希望地踏上了異國求學的旅程，因為申請到了全額獎學金，所以趙啟光只帶了 30 美元，來到了大洋彼岸的美國紐約。

陳魯豫：30 美金可能只夠從機場打個車去學校的。

趙啟光：但是我這還沒用上！到紐約以後，我想看看紐約。我跟您說過我當時是開拓者的心態：這件事看見了以後就可能沒有了。不知道為什麼認為每件事都是最後一次，所以我可得開開眼。那兒有環城的曼哈頓遊船，30 美元一周，我毫不猶豫就買了張票。

陳魯豫：可是您就 30 美元啊。

趙啟光：對啊，全花了，下面怎麼去報到還成問題呢。

陳魯豫：您不害怕嗎？

趙啟光：是，不害怕，很奇怪。我跟我同宿舍的中國人說，我還得去報到，那個人說沒關係沒關係，我借給你，問我汽車票多少錢。他就借給我 30 多美金。但是我不害怕的原因之一，是我那邊……

陳魯豫：有獎學金。

趙啟光：對，那邊獎學金等著我呢，到了立刻給你 5000 美元支票。

陳魯豫：到那就給 5000 美元啊？

趙啟光：對。

陳魯豫：您怎麼花啊？

趙啟光：買一輛車，但是……

陳魯豫：二手車吧？

趙啟光：大概六手。那個車非常非常大，氣缸的消音器壞了，特別響，「當當當」的，就跟坦克一樣。其他留學生就說，趙啟光的大坦克來了，一加侖開 10 英里。

陳魯豫：是多還是少啊？

趙啟光：開得太少了。

陳魯豫：就是太費油。

趙啟光：特別費油。

陳魯豫：您給家裡買禮物了嗎？

趙啟光：那時候真奇怪，上研究生賺錢比家裡都多。當時就算是收入高了，我還給家裡買了一個電冰箱。

陳魯豫：怎麼運回去呢？

趙啟光：還買了一個電視。非常奇怪，那時候可以在美國買票，然後到北京提貨，天津也可以提貨。把冰箱提回家後，全家都高高興興的。

陳魯豫：您當時理想是什麼呢？在那兒上完學以後幹嗎呢？

趙啟光：理想恐怕是想當教授吧，因為學比較文學，前途大概也就是繼續教書，不可能走商業或者金融等其他途徑。

笑言欲與太太話三百歲

陳魯豫：在美國教書，給美國的學生講老子講《道德經》，覺得他們會對東方文化特別著迷，會聽得特別入神。

趙啟光：我教一個叫「道家養生之道」的課，這個課的學生人數最多，是全校破紀錄的。這說明，我們中國文化的吸引力，特別是老子的吸引力特別大。因為老子講人和自然的關係、講和諧、講從容、講優雅、講飄飄然、講輕盈。那年輕人誰不喜歡？思想解放啊。道家有兩個理想：第一是飛，現在咱們已經飛了，坐飛機飛，雖然不是單個人在那飛；第二個是長生不老，我認為這個理想也會實現的。現在我們家的狗，一只是十七八歲，另一只是十六七歲，這在美國已經很

少見了。將來我想創一個紀錄，等創紀錄的時候我就寫一本書，講我用狗來證明怎樣長生。

陳魯豫：一隻狗能活多少歲啊？

趙啟光：一般的狗……大狗還是小狗？

陳魯豫：大狗能活多少歲？

趙啟光：大狗能活十二三歲。

陳魯豫：小狗呢？

趙啟光：十五六歲。我家的狗都超額了，相當於人的話，乘以七，都一百四五十歲的樣子了。那我就可以用狗來證明怎樣長生，方法是：為道日損。老子說，一定要減，吃的東西一定要少。

陳魯豫：您就餓著狗。

趙啟光：不光餓狗，很多人也餓自己。吃飽撐得慌，吃飽撐得並不舒服。

陳魯豫：每天都不給我吃飽，還讓我活那麼長，這不折磨我嗎？

趙啟光：我這次坐飛機來，心裡特別不舒服。因為我看到那些人在麥當勞啃那大餅，覺得特別難受。老子說，餘食贅行，物或惡之：吃得多了以後走路很艱難，大自然都不喜歡你。第二個方法就是經常散步。

陳魯豫：狗真是可憐！不讓吃還老得運動。到多少歲就算破紀錄，可以寫一本書了？

趙啟光：大概到 20 歲，22 歲時最好。

陳魯豫：22 歲，那狗就相當於 200 多歲了，是嗎？

趙啟光：對。

陳魯豫：那您現在每天也是按這樣的方式來養生的嗎？就是不讓自己吃太飽，老運動。

趙啟光：對，我這樣想的，但是做的……還是覺得自己吃得太多

了，應該再減一點，但是我是……

陳魯豫：您真夠可以的，自己吃飽然後用狗做實驗，不讓那狗吃飽。

趙啟光：吃得飽。但如果吃得過飽，心臟、血管和消化系統，都得為這個肥胖做犧牲。所以如果減少食物，同樣的系統維持的東西就少了，那麼你就會舒服得多，頭腦也清醒得多。

陳魯豫：我很好奇您準備跟您太太，一起長壽地活到多少歲啊？

趙啟光：兩三百歲應該沒問題。我們倆經常討論這個問題，她愛看楊絳的書，楊絳給錢鐘書寫回憶錄，我說咱倆誰給誰寫呀？我們倆經常客氣，我給你寫，你給我寫，總在寫，她說你要活這麼大誰照顧你？我照顧不了你。我說你別客氣，你要先走你就先走吧。

陳魯豫：可是您活那麼長的話好玩嗎？到那時候我們都不在了，跟您差不多大的人都不在了，那您跟誰聊天啊？

趙啟光：我給你們寫回憶錄。

陳魯豫：行行行，好吧。

趙啟光：我想大家都應該活這麼長，道家相信可能性，Nothing is impossible（一切皆有可能）。

陳魯豫：希望您有一天也回國，給我們講講《道德經》。

趙啟光：好，謝謝。

陳魯豫：教授太太是做什麼工作的？

趙啟光：我的太太是在商界工作，是美國一個 500 強公司的財務總監。

陳魯豫：那就是女強人型的嗎？

趙啟光：可以這麼說吧，在明州的婦女裡，尤其是在明州生活的亞洲婦女裡，到她這地步的很少見。我們倆經常討論，她為什麼能夠做這麼好。

陳魯豫：為什麼呢？

趙啟光：除了她的努力之外，好像我在大方向方面也略有貢獻。

陳魯豫：您幫她把關是嗎？

趙啟光：略有貢獻。

陳魯豫：您怎麼幫她把關？

趙啟光：剛到美國，她說我開個飯館吧，我說不行；她說她幹點兒這個，我說不行。我說你最喜歡什麼？她說她對數字還行，我說那你就學財務。

陳魯豫：所以她現在在 500 強上班，功勞有一半是您的。

趙啟光：我轉達這句話。

陳魯豫：趙教授生活當中的另一半是什麼樣？兩人在生活中又是怎麼相處的呢？

　　畫外音：趙啟光與夫人結識在中國的天津，當時趙啟光已經定居美國，只是回國探親。所謂千里姻緣一線牽，成就了他和夫人的一段美麗愛情。

　　趙妻子：我們倆認識，他第一次回國六天，我們每天晚上都出去玩。跟他在一起的感覺就是沒有什麼負擔，基本上可以 be myself，就是我可以做我自己。沒有任何的束縛，也沒有任何的限制，覺得自己很開心。

　　畫外音：相比物質生活，趙啟光和夫人更加重視精神生活，兩人都非常喜歡旅行，這些年來，一起去了很多地方，因為兩人的形象都很有特點，常常在旅途中被人誤認為是導演和演員的組合。

陳魯豫：太太屬於年輕漂亮型。

趙啟光：嗯。

陳魯豫：這種話不能猶豫。

趙啟光：我想說聰明型，但是您說……

陳魯豫：聰明型？

趙啟光：嗯。

陳魯豫：您太太現在在哪兒？此時此刻在哪兒？

趙啟光：太太在上海。

陳魯豫：那我們就撥個電話跟她聊聊？

……

陳魯豫：您好。

趙妻子：您好。

陳魯豫：剛才跟您先生聊天，我覺得您先生講話特別智慧，我不知道在您心目中，您先生是個什麼樣的人呢？

趙妻子：他是一個比較全面的人。趙啟光的特點呢，就是他在大事上總是能夠非常冷靜地做出正確決定，小的事情不是很在乎。所以，在這一點上我也跟他學了不少。就是說生活中你得有 80/20 法則（注解：80% 的價值是來自 20% 的原因，其餘 20% 的價值則來自 80% 的原因），你把那個 80% 的價值做好了，那個 20% 對於你就不是很重要了。另外就是跟他認識結婚將近 20 年了，我覺得他有點兒先知先覺的能力。比如說，幾乎是 20 年前或者是 15 年以前，他就說世界石油是要漲得很高的，因為中國經濟發展起來了，石油的價錢就會大漲，這件事已經被證實了。

陳魯豫：您太太說您先知先覺，那像您這樣的人買股票的話，就是屢戰屢勝啊？

趙啟光：屢戰不敗。

陳魯豫：那是一個意思嘛。您是不是每次買股票最後一定是漲的？您先知先覺嘛。

趙啟光：就是在經濟大增長的時候，我沒有進去，我們買的是公債。而在經濟危機的時候，我們還是繼續買公債，所以多數美國人賠了三分之二，我們沒有賠，這就相當於我們的財富相對增加了。

陳魯豫：以後您應該進股市，您買什麼我們就跟著買什麼。還有一點，我需要繼續問問您太太。您剛才從一些大的方向上讚揚了您先生。那我想知道，在生活中作為一個普通人、平凡人，他有沒有像我們普通人、平凡人一樣所不具備的能力？或者他特別不具備的能力？甚至一些差的地方，他有嗎？

趙妻子：是的，那是非常多的。

陳魯豫：比如說？

趙妻子：比如說很多基本的概念很難和他溝通。有幾件事：一個是我們那兒有一個大家都很喜歡的中國飯館，離我們家大概開車 10 分鐘左右，我們經常跟朋友去，或者自己週末晚上去，去了大概不下幾百次了。每一次如果不是我開車的話，他開車都像第一次去似的，每次都要問我，這個地方怎麼拐，那個地方怎麼拐，永遠記不住路。走過一百遍的路，他也是不認識的。

陳魯豫：這也是種天分，好，謝謝您。我們已經感受到了。在生活當中您是抓大方向的，細節的東西都是由太太去管的，對吧？

趙啟光：可以這樣說吧。

陳魯豫：我想知道下一步您準備去哪兒？去哪兒游泳？去哪兒看看當地的奇觀？

趙啟光：下一步準備去埃及，我們小時候看過一個電影叫《尼羅河》。

陳魯豫：去尼羅河游泳？

趙啟光：如果可能的話就遊，如果非常危險的話就不遊。

陳魯豫：好，祝您在尼羅河游泳快樂。

趙啟光：謝謝您，謝謝！

陳魯豫：把衣服藏好了。

趙啟光：對，好！

陳魯豫：再一次謝謝趙教授，今天給我們用英文講《道德經》，讓我們學到了很多，謝謝您！

主人已死

──訪中西文化比較教授趙啟光[1]

　　許戈輝：如果進行當代文學或者進行中西文化比較，隔洋相望與登堂入室感受是完全不同的。現任職美國卡爾頓大學亞洲語言文學系的趙啟光教授，以及他的《客舟聽雨》[2]都神奇地成為我們登堂入室的金鑰匙。

　　趙教授，我看到這個河塘就想起我剛剛看到您的書題目時候的感覺，一下子就陷進去了，覺得《客舟聽雨》有情、有景，好像還有很多故事讓人遐想，所以我在翻開這本書之前，就自己坐在那兒陶醉了半天，回想了半天，為什麼會取這四個字作名字呢？

　　趙啟光：我很喜歡這個題目。

　　許戈輝：一個好題目是一本書成功的關鍵嗎？

　　趙啟光：我之所以取這個題目，是想表達一種能在時間上和空間上旅行的感慨。這個書名取自蔣捷的《虞美人‧聽雨》。蔣捷在這個非常短的詞裡，概括了自己一生的經歷。他說：「少年聽雨歌樓上，紅燭昏羅帳。壯年聽雨客舟中，江闊雲低斷雁叫西風。而今聽雨僧廬下，鬢已星星也，悲歡離合總是情，一任階前點滴到天明。」他這個短短的詞裡包括自己少年、壯年、老年的經歷，這是時間上的必然過程，這也沒有什麼奇怪。

1　此文為2000年鳳凰衛視「名人面對面」節目主持人許戈輝在天津南開大學採訪趙啟光的文字記錄稿。

2　《客舟聽雨》是趙啟光所著的一本比較文學著作。

許戈輝：但是有空間上的轉移。

趙啟光：空間上的轉移，三種不同的地方，歌樓、客舟和僧廬。如果我們熟悉中國文化的話，這種意境我們一般都能體會。歌樓、客舟到僧廬這三個環境正表達了他的心情。

許戈輝：對，特別是在老年的時候就有一種無奈。那我很感興趣，既然是三個階段都在聽雨，為什麼這本書偏偏選了「客舟聽雨」？是因為您自己也步入了中年？還是因為「客舟」這兩個字您有格外的感慨？

趙啟光：兩者都有。我已經步入中年，這是沒有問題的；另外，「客舟」也使我格外感慨。因為我一生客走他鄉，在國外二十餘年。另外，第三點至於他的心境，江闊雲低，一種開闊，同時有悲壯的美，也是我特別喜歡的，所以我選了「客舟聽雨」這個名字。

許戈輝：可能這種情緒也一直貫穿在您這部書的主題裡面，異鄉異客這樣的情緒。

趙啟光：這本書的主題就是異鄉異客，裡面說了很多作家，這些作家都是在世界各地脫離自己本來的環境，他們對生活的理解，他們對社會的觀察，對自己固有環境的再認識，從賈布瓦拉到海明威、從拉什迪到康拉德，這些人的作品都涉及。因為我也寫了自己的一些創作，自己在異鄉異客的感慨。譬如我在阿拉斯加的旅行，我覺得這一段比較像剛才悲壯的那種，因為我在阿拉斯加，看見在午夜的時候是白晝，周圍雪山環繞，空無一人，好像不是在地球上，時間和空間都不存在了，我就像到了時間和空間的終點，那時候我就想起李叔同臨死說的：悲欣交集。他悲的是人生是有限的，喜的是發現了宇宙的無窮。所以在異鄉旅行，人恐怕都有這種體驗：是一種悲壯，是一種無奈。但是我在其間也有一種美，是自己願意追求的。

許戈輝：不過，從歷史的角度來看，以前說到異鄉異客，頂多是

淒涼，或者是悲壯的美，但是現在全球好像都有一種融合，東西方的文化在融合，南北在交流、在融合。那麼您覺得現在異鄉異客的意義是還僅僅停留在悲壯的美，或者淒涼的美上面嗎？

　　趙啟光：過去在文學上這種美常常是終極的，達到這種境界以後，一生的體驗也就結束了，我們的唐詩宋詞都有很多這樣的表述。現在是一種資訊社會，是一種交流的社會，是一種共用的社會，我們到異鄉去的目的不僅僅是體驗異鄉的古跡，發現它的美，我想不僅僅是這樣，應該進一步提升到自己在這種大交流、大共用的時代發揮出自己的作用。我們這種淒涼悲壯總是一種代價，我們要從中取得一些結果，特別是在現代網路社會中，把異鄉異客放在全球化的角度來看，恐怕就有更新的意義。

　　畫外音：人說文學是生活的反映，水土不同，花果各異。因此在天津長大，以後又在國外生活了二十年的趙啟光教授，對於中西文化背景所產生的心理衝擊自然比我們有著更深的體驗。他在異國異體環境中的體驗和心路歷程也領著我們一起在客舟的風雨中體驗人生的真諦。

　　許戈輝：您現在就在美國的一所大學裡做教授，有的時候回來在國內做一下講學，應該說您也是遊走在東方和西方之間，有著和賈布瓦拉這些作家比較相似的經歷。我很感興趣，因為在西方有很多人，他們覺得中國人到了國外，比較傑出的人往往是在自然科學中作出貢獻，而中國沒有真正意義上的社會科學家，就是說沒有真正意義上的學者。我不知道您在國外有沒有這方面的壓力，或者說這是一種偏見？

　　趙啟光：您說得非常準確。我們中國人經常在物理方面得諾貝爾

獎，在矽谷做得非常好，世界上都承認的。但是在文化方面，一般有些學者雖然受到國外一些人的尊敬，但是他們總是覺得我們在文化方面的學者不夠世界級。這其中原因有很多，有傳統的原因，有偏見的原因，等等。其中一個非常重要的原因就是語言方面的原因。我們中國人對西方的瞭解，對西方文字的瞭解，超過他們西方人對我們的瞭解，特別是對我們文字的瞭解。所以他們只是隔了很多層才瞭解我們。正因為如此，我才致力於發展漢語教學，在美國大學創建了亞洲語言文學系，其中重要內容是教授漢語。另外，我經常把美國學生帶到中國來，教他們學習漢語，這些學生常常說，他們覺得中國不僅在自然科學方面發展，在人文科學方面也有著非常高深的東西，他們只不過是以前不知道罷了。所以要使西方人瞭解我們，要從許多基礎的地方做起。

許戈輝：我們看到讓老外講中國話已經是一大進步，很不容易，他們還能夠在學中文之後感覺到中國人文科學方面也很發達，這個障礙是怎麼逾越過來的？有什麼好的方法？

趙啟光：首先他們要掌握基礎知識，另外他們在學習的時候由淺入深，比如我就教了一個中國詩詞的課。

許戈輝：我覺得很難想像，中國詩詞我們用中文解釋都覺得很多事情是只能意會不能言傳，您怎麼樣給他們解釋？

趙啟光：我們學了一首詞，國內人都熟悉的小詞：「西塞山前白鷺飛，桃花流水鱖魚肥，青箬笠，綠蓑衣，斜風細雨不須歸。」這個詞我給學生講，「斜風細雨不須歸」這個意境如何，好在什麼地方，這時好幾個學生就說這個人很不幸福，你看他天天釣魚，斜風細雨還不回去，他的愛人一定是和他關係不好。

許戈輝：他們理解是這麼一種故事。

趙啟光：陶醉於這種意境，這是非常美麗的道家境界。好多學生

雖然表面理解，但是他們總是不能夠非常深刻理解我們詞的氛圍。我們只好一步步做起，我們還要講一些基礎文化、基礎知識，從道家、儒家講起，一個學期下來之後，學生就有進步。有一句詩「兩岸猿聲啼不住，」有一次一個學生說「啼」是「哭」的意思，另一個學生說為什麼哭，他們吵起來了？我說不是哭，是一種叫，是一種感情的抒發。我有一個學生因為學了這首詩，現在就在長江三峽的一艘國際客輪上當導遊。

許戈輝：您看您自己成異鄉異客，把人家也變成異鄉異客了。

趙啟光：用自己的形象改造世界。

許戈輝：我覺得您做的工作特別有意義，因為最終雖然文化上的隔閡或者說是差異不可能完全就沒有了、填平了，我覺得走到什麼地方都不可能，而且這種文化上的差異正是多元文化存在的一種美麗，所以我覺得您在做這個工作就是讓大家既存在一種差異，但是彼此又互相能夠有一個暸解。

趙啟光：對，在這種情況下我們彼此暸解，彼此溝通，彼此理解。但是在這種彼此暸解、彼此溝通的時候，我們處於一個文化環境中的人，不應該存在一種優越感，因為我們從小就掌握這種文化，從小就理解這種文化，別人在學的時候就付出了相當大的努力，我們要努力幫助他們。另一方面，沒有一個文化是永遠屬於一個地理位置的，文化是在流動的，這個地方的人創造一種文化以後，這個文化就屬於全世界。

畫外音：一直埋頭研究英美文學的趙啟光教授並非整天孤立於象牙塔中，他敏銳地感覺到文學作為仲介聯絡對象鼓舞著千萬人；另外它作為一種工具，也是研究社會經濟現象的一種途徑，尤其在當今的網路社會中，文學更體現了它獨特強大的生

命力，不妨一起來聽聽他的見解。

許戈輝：其實從文化的角度上如此，從經濟的角度講也是如此。而且從全球政治結構上講也是這樣，由此我就想起您提出的觀點叫「主人已死」，我覺得這個提法非常有意思，希望您能進一步解釋一下。

趙啟光：我寫過一篇文章叫《主人已經死了》，說的是跨文化交流中的主人已經死了。我就是想說在這種新的社會中，特別是資訊時代，「主人」在中文裡是一個詞，在英文裡我正好把它分成三個詞，都可以翻譯成「主人」。這三個「主人」，一個是 Owner，一個是 Creditor，一個是 Master。Master 已經死了，大家應該是 Partner（搭檔）。所以某一種文化，某一種技術不存在它的擁有者，大家都可以共用，因為現在是資訊共用的時代。比如說現在網際網路，有些人，特別是有些語系說這是屬於美國、英國、澳大利亞、加拿大這些英語國家的文化。這種觀念是一種錯誤的觀念，他們並不擁有網際網路，創始人並不是「主人」，它是大家全人類共有的。如果在資訊社會對網際網路有「主人」的觀念的話，會對本民族的文化造成很大的牽制。這個問題有些國家、有些語系的人已經造成了，對自己很不利，我很慶倖我們中國人目前沒有這種觀念。我們中國人非常自信的、堂而皇之地進入資訊社會，並不會擔心英語會把漢語淹沒掉，這是一個非常好的思想，所以我們要堅持「主人已死」的思想。經濟上債權人和債務人的關係已經發生了變化。在《白毛女》這個故事中可以看到，父親欠了債就用女兒來抵債。現在我們中國人是不太愛欠債的，我們知道債權人和債務人的關係常常發生顛倒，因為債權人和債務人的關係已經不像以前了。

我以前寫過一本書叫做《中西方龍的研究》，在這本書裡講了，

龍在西方是被征服的對象；而在東方，則是被崇拜的物件。似乎要麼龍是主人，要麼人是主人，其實兩者可以互相糾正、補充。

　　許戈輝：在中國，龍恰恰是我們崇拜的圖騰。

　　趙啟光：與西方正相反，在中國，龍是我們崇拜的物件。中國人不管走到天涯海角都崇拜龍，是龍的文化。所以在這種情況下西方就要征服龍，中國人就要崇拜龍，所以我建議西方人改改自己的思想方法，並不是說你們一定要征服誰，世界並不是征服者和被征服者之間的關係。我們與其屠龍不如與龍共舞，大家學會彼此的思想方法，學會彼此的語言，大家一起共舞，在這個時代不一定自己非要當 Master（主人），大家當 Partner（搭檔）比較好。所以我提出主人已經死了，覺得這和資訊時代發展是相對應的。

　　許戈輝：您剛才說的「主人已死」的概念，給我們勾勒了一個全球大的趨勢和圖景，這裡面尤其可以體會到對政治經濟，特別是現在網路經濟的關注，我不知道這是屬於您很單純的興趣，還是暗示著說您對您的研究方向已經有偏移了，是不是您所研究的純文學的東西現在越來越面臨著一種衰落的危機呢？

　　趙啟光：我是這麼想的，從文學到經濟研究的範圍好像不是一種跳躍，而是一種連續性的發展，甚至於想說我的整個研究的內容沒有變。至於我們說到文學是不是衰落，我覺得文學並沒有衰落，文學作為一種基礎仲介鼓舞著千萬個人。另外它作為一種工具，也是一種研究社會、研究經濟的途徑。特別是在現在網路社會中，在資訊社會中，文學更體現出它的強大的生命力。比如說我們現在常常說我們的網路社會是一種「虛擬社會」，這種「虛擬」，我甚至於覺得很像一個虛構的社會。為什麼說是虛構的社會？就是說我們現在一切事情都是通過符號來表現的，所以這個虛構的社會是一種新經濟的基礎，而它恰恰是一種社會的文學化。過去常常說，文學的社會化，現在反過

來，社會反映了文學。文學的虛構，文學的想像，文學對未來的預
測，已經體現在社會中。我覺得在某種意義上是一種高層次上的文藝
復興，就是這種基礎的智慧，一種對人文科學的愛好又重新起了引導
社會的作用。這樣，社會已經文學化了。甚至於在股票市場我們可以
看到股市的文學化。我們現在常常看到納斯達克指數的飆升，其實這
在很大程度上對股民體現一種文學思想、浪漫主義、未來主義的思
想，他們和現實脫節。老經濟和新經濟鬥爭，在一定程度上就好像浪
漫主義和現代主義的鬥爭一樣，大家都在相信著故事，都在相信著可
能性，都在相信著虛構的未來。

　　許戈輝：所以我理解您說的文學作為一種工具，可能它是一種思
維方式，它也是一種情懷。看來，想炒股的人都得先去學一下文學。

　　趙啟光：對，您指出了這個問題的另一方面。我們應該認識作為
一個人怎麼樣認識成功，怎麼樣認識失敗，怎麼樣自我解脫，怎麼樣
進入一種狀態，怎麼樣脫離一種狀態，怎麼樣調整人的關係，怎麼樣
認識到美，怎麼樣在困難中看到光明，等等。

趙啟光：告訴西方人一個真實的中國[1]

　　這是一次奇特的體驗，深秋的南開園，在漢語言文學院的教室裡，我旁聽了一位中國教授給他的美國學生們用英語上的一堂生動的中國歷史課。站在講臺上的這位睿智、親切、極富感召力的教授正是趙啟光先生。

　　看著他給美國學生耐心細緻並充滿情感地講解著中國的文化和歷史，我不禁心生感慨：就是這個特殊的課堂，這個讓西方人瞭解真實中國的文化教育交流項目，讓趙教授經過了艱難的鬥爭與磨煉，並經歷了長達十五年的時間考驗。除了一個超然忘我的追夢人，還有誰能做得到呢？

　　趙啟光是一位美國大學的終身教授，他本可以在象牙塔內享受學者的榮耀及優越的物質生活，但他卻像一位民間「外交大使」，發起建立了一個文化教育交流專案——組織美國學生到中國來，讓他們置身于中國的文化氛圍裡，去感受、去理解，再把理解帶回去傳播。趙啟光教授所做的這個項目是目前南開大學時間最長的對外教育交流項目。

　　時間倒流到三十六年前，美國的阿波羅號飛船登上了月球，因「文革」而離開校園的趙啟光得知這一消息後寫下了一首詩：

1　此文刊發於2004年11月26日《天津日報》專副刊——北方週末版，作者邵潔。

驚聞彼岸登月球，

陋室閉門且埋頭。

浩氣蕩蕩曾自許，

赤膊條條任去留。

羞逐社子賭梨栗，

冷觀潮兒弄激流。

擊節長歌歌何苦，

坎坷未信此生休。

　　那是一個少年壯志的出師表，也是他學習英語的開始。那時，與世界先進技術對話，與不同文化進行交流的夢想已然在他心中萌生。大學畢業後，他又攻讀了「文革」後的首屆研究生；後獲得了留學美國的機會，成為改革開放後最早的留學生之一。在美國的麻塞諸塞州立大學，他僅用了五年時間就讀完了別人七八年才能完成的「比較文學」博士，畢業當年就找到了在美國卡爾頓大學教書的工作，又很快從助教升到終身教授、正教授、系主任、講座教授。他的人生經歷在不斷充實著他的夢想。

　　在卡爾頓大學，他開創了中文專業。那時，在美國搞中國文化研究的人大多有臺灣的教育背景，美國學校與臺灣的文化教育交流項目較多，而面向中國內地的交流卻是一個空白。趙啟光決心通過自己的努力建立起面向中國內地的文化教育交流，改革開放後快速發展的中國真的太需要讓世界暸解了。

　　如今，十五年過去了，趙啟光所做的事起到了很多潛移默化的作用。他帶過的學生回去後做了許多傳播中國文化、增進中西方暸解的事。他們中有的是使領館工作人員，有的是美國政府駐華商務代表，搞中文教育、中文研究的就更多了。趙啟光的兄長是國務院新聞辦的

要員，被譽為「中國新聞第一官」，用他哥哥的話說，他已經培養了大批「親華派」。趙啟光說：「哥哥在做官方外交，我在做民間外交。」他說：「交流應該是雙向的，但一直以來都是我們出去的多，別人進來的少，所以我立志去做帶進來的事，因為認識與理解不單靠說教來解決，要靠踏踏實實的工作。對我來說這就是從教育做起的民間外交，我深信學了漢語、瞭解了中國文化的人是會熱愛中國的⋯⋯」

儘管回來的時間短，安排的工作多，日程裡充滿忙碌，但與趙啟光先生交流卻能時時感受到他的淡泊與從容，這是只有那種心靈超脫的人才可以擁有的品質──努力去做事，能做成事但又不功利、不張揚，還擁有內心的寧靜與超然。

趙啟光先生說，他的人生軌跡由兩條平行線組成：一條是經歷的事；一條是內心感受與認知。

趙啟光先生人生的每一步都邁得比別人早，他在大學時百米跑成績是 11 秒 2，是學校的冠軍。游泳、滑冰等項目也都名列前茅。他說：「人生要成功，就得第一個起跑，這是體育競技給我的啟示，搶先起步，道路坦蕩無人走，落後一步則得千軍萬馬擠獨木橋。」趙啟光先生說：「認真去做事，不太去想自己的得失。不以功利為標準，才能超脫自我，達到一個悠然的境界。」這也許就是他能堅持十幾年做事，而不計較個人得失的原因，更是他走過人生每一步的準則。趙啟光先生對林則徐為其婿批改的一副對聯頗為感慨，原聯是：「一勾已足明天下，何必清輝滿十分。」林則徐把它改成了「一勾已足明天下，何況清輝滿十分。」從「必」到「況」一字之改體現了不同的人生觀。趙啟光先生說，我覺得對己應該是前者，即「何必清輝滿十分」，而對事則應是後者，即「何況清輝滿十分」。他把這副對聯貼在了辦公室的門口，並特意在「何必」旁邊寫上「何況」，以表達他的人生理念。

記者：您是美國一所學費與哈佛大學不相上下的私立大學的終身教授，為什麼卻不辭辛苦地去做帶學生來中國這件「分外」的事？

趙啟光：中國人對西方和西方文化的瞭解超過了西方人對我們的瞭解，西方人總是隔著很多層才瞭解到我們，所以這就容易產生偏差和誤解。正因為如此，我才致力於讓西方人近距離瞭解中國。我在美國的大學創建中國語言文學專業。我努力爭取下來這個交流項目把美國學生帶到中國來，其主要目的是讓他們學會對中國人民的理解，並把這種理解帶回去傳播開來，創造一個共同美好的世界。交流應該是雙向的，但改革開放以後我們出去的多，別人進來的少，所以我有志去做帶進來的事。對我來說也就是這種從教育做起的「民間外交」。我深信學習了漢語，瞭解了中國文化的人是會熱愛中國的。

記者：一個比較文學教授從事文化教育交流活動對於一般人來說多少會有些費解，您能簡單描述一下您所從事這項活動的內容嗎？

趙啟光：這個專案每兩年一次，組織美國卡爾頓大學部分在校生到南開大學學習中文，接受中國歷史和文化教育。每次交流的時間是十周，主課堂在南開大學，同時安排學生們去最能代表中國文化特色和現實發展狀況的地方，既到沿海發達城市也去貧困地區，目的是讓學生們瞭解最真實的中國，在這些地方一般安排參觀與座談，有時也有現場課。比如有一次我給他們講抗日戰爭史，就帶他們去了太行山區和著名的平型關大捷日軍被消滅的山谷邊，上了一堂生動的歷史課。這次我們去了西安、內蒙古、上海等地，每個地方都有不同的教育主題。

記者：您生長在天津，父母又都是南開大學的知名教授，是不是這個原因讓您把這個交流項目選在了天津的南開大學？

趙啟光：有這方面一些因素。雖然南開大學有一定的人和優勢，但選哪所學校，在哪個城市，必須經過學校委員會嚴謹的論證和考察

才能定。當時有三個候選院校包括南開大學、南京大學和雲南大學，選南開大學首先是考慮它的對外漢語教學實力較強。另外它處在普通話區，離北京又近，這就比南京大學和雲南大學占了較多的優勢。再有就是因為天津這個城市樸素的中國文化特色。天津是個非常有意思的地方，一方面它開埠較早，受西方影響較多，而另一方面它的本土特色又保持得很深，城市中既有五大道，又有「三不管」、鼓樓等，有保存很好的民間文化和老民俗。天津這個城市是瞭解中國文化、瞭解社會民俗的非常好的地方。所以他們最終決定在天津的南開大學做這個項目。

記者：如果按時間推算，這個項目開始於上世紀 80 年代末，在當時那種特殊的國際環境下，專案的運作方式是否會不同？

趙啟光：對，當時遇到了很大的困難。即使沒有當時的特殊背景，說服學校在中國內地做這個項目也不容易。因為當時在美國搞中國文化研究的人員大多是在臺灣受的教育，由這部分人牽線的美國學校與臺灣的交流較多，而面向中國內地的交流項目很少。所以我先得讓他們瞭解與中國內地交流的重要性，說服他們認可這個方向。

記者：在艱難的爭取過程中，哪些努力最終起了決定性作用？

趙啟光：幾方面的爭取與努力都起了很大的作用，最重要的還是那些被我帶來的委員會成員，因為是由他們最終來做決定。委員會成員裡有著名學者洪長泰教授，是中國民俗學專家，還有一個歷史系的教授，叫史密斯，他在 1946 年抗日戰爭結束後美軍接收日本投降時被派到天津當過兵，這是個必須爭取的重要人物。於是我不僅邀請他來中國，還特意陪著他到天津尋找他當年當兵時的兵營，雖然後來那個兵營並未找到，但他卻重溫了這個城市的親切，更看到了這個城市的發展，史密斯教授後來起了重要的作用。

記者：一個人堅持做事總該有一種內在的動力，您的這種動力來

自於什麼？您所做的交流活動是目前南開大學時間最長的對外教育交流項目，您為什麼能堅持那麼久？

趙啟光：十五年時間確實不算短，除了教學和寫作，這個項目花了我不少時間。專案爭取時不容易，爭取下來後要獲得學生們的認可也需要一個過程。現在報名參加的學生越來越多，以至於學校要限制我每次帶來的人數，否則就會影響到學校正常的教學安排。這個過程讓我切身感受到了我們國家對西方人越來越強的吸引力，這是祖國日益強大的標誌，這種自豪感給了我很大的動力。這些年來，我每次回來的日程及教學內容都會根據當時的國際、國內背景和政治、經濟熱點進行安排和調整，每次的重點不同，收穫也不同。雖然是相同的一件事，每次都像在做一件新事，但並不平淡與枯燥。說到困難，我只想闡述一個觀點：一個人要想做成一件事，重要一點應該是，認真對待自己的事而不是認真對待自己。所謂困難，大多數情況下都是關乎個人得失的事，認真去做事，少考慮個人得失，有這種心態是不會以困難為藉口去放棄的。

記者：這麼多年來，一批批外國學生來到中國，他們都收穫了些什麼？

趙啟光：他們瞭解了真實的中國，他們被中國悠久的歷史和深厚的文化底蘊所震撼，這些都是他們過去不知道或知道得不全面的。這次有位學生就在論文中寫道：「為什麼有的人會以為美國比中國好？其實雖然很多方面美國好，但中國也有最好的，各國應有不同的社會和文化，不用去縮短他們的差別，中國將來能成為更強的國家。」這些學生回去後很多人都在做傳播中國文化、增進中西方瞭解的事，他們中有的做了美國政府駐華商務代表，使領館工作人員中經常有我們的學生，搞中文教育與研究的人就更多了。

記者：您的人生經歷不同尋常，所做的事也很了不起，其過程必

定充滿困難與坎坷。不知您是靠怎樣一種精神或信仰來支撐和鼓舞自己的？

趙啟光：國外許多人都信奉宗教，但我相信自己的宗教——大自然。當我遇到困難或無法解決的問題的時候，我總要走到野外去抬頭看看星空，人生的一切問題都會得到解決的。我想，人在宇宙中像一粒塵埃微不足道，這種謙虛反而會給人以自信。人生是要順應大自然的，只有在大自然的感召下才能盡情發揮作用。就拿人的生命來說，無論怎樣聰明一生、智慧一生，到頭來還要面對回歸自然。懂得這些道理就不會為一些小事情而煩惱。「星空」往往是解答我人生種種困境的最好答案。現在的人整天忙忙碌碌，追求物質生活的多，追求精神生活的少。其實，拿出一點點時間看看星空，冷靜思考一下，擺正自己的位置，才能感悟人生。自然是我的信仰。

記者：您做學問、寫書還有致力於中西文化教育交流事業，這之間是否有著內在的聯繫？這種聯繫是如何像一條「主線」牽引您的？

趙啟光：「主線」這個詞您用得很好。我是研究比較文學的，我覺得，兩種現象的交匯處是最美的。例如，高山與平原的交匯，顯露出山的偉大；海洋與陸地的交匯，展現出大海的浩瀚。中西文化相碰撞、接觸的地方，就像一幅美麗的海濱圖畫絢麗多姿。這就是我如此喜歡比較文學的理由，也是我熱衷於把外國學生帶到中國來的原因。如果說這是一條「主線」的話，它還是牽引我走出國門到外面去的動機。所以，在差異中尋找兩者的區別，在區別中認識事物的本質，是一種樂趣與探求。

記者：您所拓展的「比較學」實際上蘊涵著很深刻的辯證統一的哲學思想，請談一談您對現代哲學問題的看法。

趙啟光：一個人生活中總是與安全和危險相伴隨的。尼采說在危險中生活，而孔子主張中庸之道，凡事做到不偏不倚，力爭安全、準

確。我覺得在安全與冒險交接處的安全一側漫遊，是最獨特和最有意義的。這也是剛才說的兩種現象的交匯處是最美的。如果一個人有所創造，就應該在邊緣中體驗人生之美。歷史上發生過很多次哲學革命，但我們這個時代不是思想的時代，是實踐的時代，或者講是急功近利的時代。現在有些人富裕點了，都在比房子、比汽車和比票子，都在拼命地做事情。是否應該停下來歇口氣，多想一想、多分析分析，享受一下內心的寧靜呢？思想、行動和感受應該在交匯處平衡協調，這是我隨時想到的一點哲學觀。

當代名家叢書·趙啟光選集　A0501001

玉壺清談

作　　　者	趙啟光
責任編輯	蔡雅如

發 行 人	陳滿銘
總 經 理	梁錦興
總 編 輯	陳滿銘
副總編輯	張晏瑞
編 輯 所	萬卷樓圖書股份有限公司
排 版	林曉敏
印 刷	百通科技股份有限公司
封面設計	菩薩蠻數位文化有限公司

出　　版　昌明文化有限公司

桃園市龜山區中原街 32 號

電話 (02)23216565

發　　行　萬卷樓圖書股份有限公司

臺北市羅斯福路二段 41 號 6 樓之 3

電話 (02)23216565

傳真 (02)23218698

電郵 SERVICE@WANJUAN.COM.TW

大陸經銷

廈門外圖臺灣書店有限公司

　　電郵 JKB188@188.COM

ISBN 978-986-496-030-9

2017 年 7 月初版

定價：新臺幣 260 元

如何購買本書：

1. 劃撥購書，請透過以下郵政劃撥帳號：

　　帳號：15624015

　　戶名：萬卷樓圖書股份有限公司

2. 轉帳購書，請透過以下帳戶

　　合作金庫銀行 古亭分行

　　戶名：萬卷樓圖書股份有限公司

　　帳號：0877717092596

3. 網路購書，請透過萬卷樓網站

　　網址 WWW.WANJUAN.COM.TW

大量購書，請直接聯繫我們，將有專人為您

服務。客服：(02)23216565 分機 10

如有缺頁、破損或裝訂錯誤，請寄回更換

國家圖書館出版品預行編目資料

玉壺清談 / 趙啟光著. -- 初版. -- 桃園市：

昌明文化出版；臺北市：萬卷樓發行,

2017.07

　　面；　公分. -- (當代名家叢書. 趙啟光選

集；A0501001)

ISBN 978-986-496-030-9(平裝)

855　　　　　　　　　　　　106011514

本著作物經廈門墨客知識產權代理有限公司代理，由海豚出版社授權萬卷樓圖書股份

有限公司出版、發行中文繁體字版版權。